對照相本

一個時代·三地人·三種對照

1963年，楊照、馬家輝、胡洪俠，分別出生在台灣、香港、大陸，三位同齡人透過書寫同樣主題，對照對比對流年，以照片記錄流動時光中駐停的一刹。

楊照

・

台灣

◉——本名李明駿，1963年生，台灣大學歷史系畢業，美國哈佛大學博士候選人。曾任《明日報》總主筆、遠流出版公司編輯部製作總監、台北藝術大學兼任講師、《新新聞》週報總編輯等職；現為《新新聞》週報總主筆、「博理基金會」副執行長，並為News98電台「一點照新聞」、BRAVO FM91.3電台「閱讀音樂」節目主持人。 ◉——楊照擅長將繁複的概念與厚重的知識，化為淺顯易懂的故事，寫作經常旁徵博引，字裡行間洋溢人文精神，並流露其文學情懷。 ◉——著有長篇小說：《吹薩克斯風的革命者》、《大愛》、《暗巷迷夜》。中短篇小說集：《星星的末裔》、《黯魂》、《獨白》、《紅顏》、《往事追憶錄》、《背過身的瞬間》。散文集：《軍旅札記》、《悲歡球場》、《場邊楊照》、《迷路的詩》、《Café Monday》、《新世紀散文家：楊照精選集》、《為了詩》、《故事效應》。文學文化評論集：《流離觀點》、《文學的原像》、《文學、社會與歷史想像》、《夢與灰燼》、《那些人那些故事》、《Taiwan Dreamer》、《知識分子的炫麗黃昏》、《問題年代》、《十年後的台灣》、《我的二十一世紀》、《在閱讀的密林中》、《理性的人》、《霧與畫：戰後台灣文學史散論》、《如何做一個正直的人》、《想樂》。現代經典細讀系列：《還原演化論：重讀達爾文物種起源》、《頹廢、壓抑與昇華：解析夢的解析》、《永遠的少年：村上春樹與「海邊的卡夫卡」》。近作：《我想遇見妳的人生》、《馬奎斯與他的百年孤寂：活著是為了說故事》。

我在哈佛大學總圖書館前面。

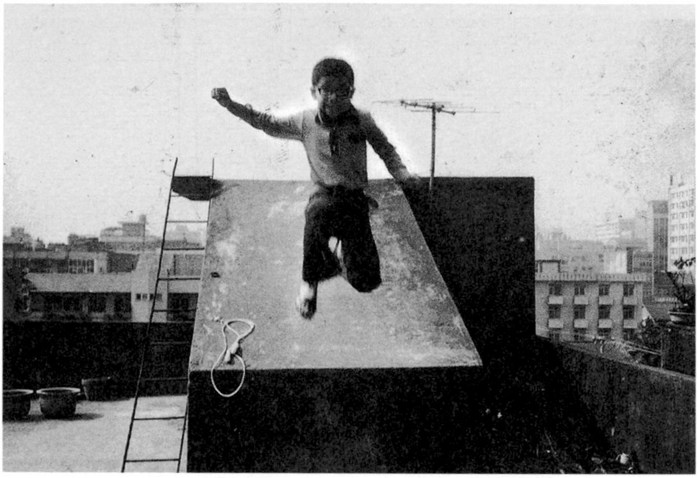

上圖｜這是我小學畢業前的模樣，也就是「蔣公」逝世的那段時期。

左圖｜坐在內灣線的火車上，就是熱切讀著但漢章《電影新潮》的那一年。

左頁上｜快要退伍之前，和步兵學校「排班戰鬥小組」的教官們合影。

左頁下｜這是二姐房間牆上的裝飾，那幅抄寫洛夫名詩「煙之外」的書法，是我寫的。

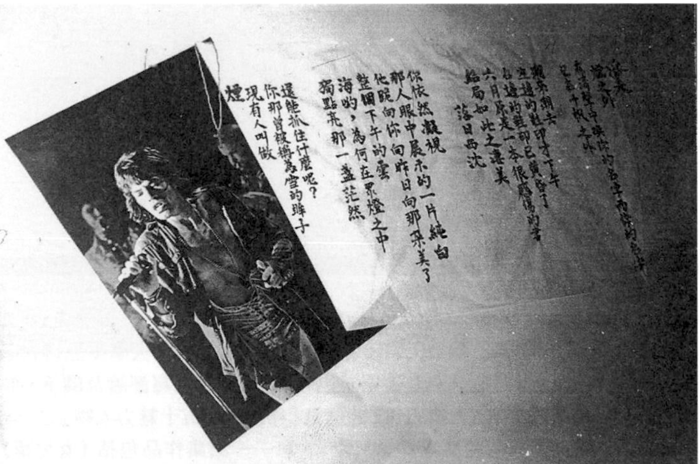
你依然凝視
那人眼中展示的一片純白
他眺向你向昨日向那朵美了
整個下午的雲
海哟，為何在眾燈之中
獨點亮那一盞茫然
還能抓住什麼呢？
你那曾被稱為雪的辮子
現有人叫做
煙
結局如此之淒美
落日西沈

右頁上｜北京，窗外。迷亂的北京。

右頁下｜張愛玲的手稿複製，擺在沙發旁的小桌子上，伴我，讀書。

上圖｜To quit,or Not to quit ? That's a question.我被這問題糾纏了好多年。忙完一天，躲起來抽幾口雪茄，是一天裡最美好的時刻。

下圖｜王家衛的魅力，讓我看得失神，幾乎忘記要說些什麼了。

胡洪俠

‧

大陸

◉——生於1963年，畢業於中國人民大學新聞學院，獲碩士學位。1992年至今供職深圳媒體機構，曾主編《深圳商報》「文化廣場」專刊，現任深圳報業集團副總編輯，《晶報》總編輯。◉——愛讀書，喜聚書，常寫書。著有隨筆、書話集《老插圖 新看法》、《微塵與暗香》、《百年百詞》、《給自己的心吃糖》、《書情書色》、《書情書色二集》、《夜書房》、《微書話》等，編有《1978～2008私人閱讀史》、《向閱讀致敬：深圳讀書月歷屆嘉賓回望與回訪》、《深圳日記》、《舊時月色》、《董橋七十》等。

1981年，接到那張「神祕的調令」後，我就成了記者。
這摩托車不知是誰的，我借它當道具，照了這張片子，以顯記者威風。

安
初中二
团支部.班
合影 1977

右頁上｜前排哪位老師教我們的歷史課？想不起來了。不僅如此，我連圖片中幾位同學的名字也想不起來了。歲月如歌？不，如沙，一切都漸漸變得乾燥而模糊。

右頁下｜在我老家的土房頂上，如果可以再站得高些，順著這個方向看過去，就能看見十二里莊的教堂。那是當年方圓幾十里唯一的教堂。

上圖｜海南求職未遂，我才在九十年代初來了深圳。這是我參加《深圳商報》的一次長跑活動；我竟然還是旗手，太不靠譜了。

右頁上｜在北京上學時，導師家住得遠，每次去見他都要騎很長時間的自行車。說起來，北京三年稱得上是我的「自行車年代」。圖中居中者是我導師湯世英教授。他後來也搬家了。

右頁下｜初當記者，我未經請示，就去採訪了著名京劇演員楊秋玲，結果被主任訓斥一頓。那是1982年4月的事了。

上圖｜1991三毛自殺那年，我正在新華社河北分社實習，期間在書攤搜集了不少三毛的書，其中一本是《一死驚天下》。

對照記@1963

22個日常生活詞彙

楊照、馬家輝、胡洪俠　合著

22個日常生活詞彙

青春念想推薦

三個男子隔海較量

三個不到五十歲的男子，在兩岸三地的文壇上叱吒風雲卻惺惺相惜，約著寫出這樣一本饒有創意的書來。用不同的主題詞，比如：火車、初戀、春遊、孔子、耶穌等來各自表述。這三人以豐厚的學養、寬廣的視野、流暢的書寫、行雲流水般的「隔海較量」，真是有看頭。

最有意思的是他們寫孔子：楊照寫「孔子傳」劇本，馬家輝跟孔子有著私密的時光，而胡洪俠處在「批孔」又「尊孔」的地域與時代，令人難以想像卻也富含趣味。我不禁也想著：那孔子與我有什麼相干呢？相信閱讀本書可以激發思考，讀者們也可以想想，透過這些主題詞，你跟自己產生了哪些對話了呢？

簡靜惠 洪建全基金會董事長

目錄

比張愛玲《對照記》更貨真價實的「對照記」

❖ 楊照

我有一個高中同班同學，當過台灣的「立法委員」，也經常上電視談論政治議題，是在街上很容易被認出來的公眾人物。他的外表看起來老成，和真實年齡有蠻大差距的。

一九九八年，我聽他說過一個笑話。競選跑攤時，有人問他：「『委員』，你到底多大年紀？」他誠實直率地回答：「三十五。」那人點點頭，回應一句：「噢，原來你是三十五年次的。」有了這次經驗，下回在被問到幾歲時，他改了一種方式回答，說：「我五十二年的。」聽到他答案的人，也是點點頭，回應一句：「噢，原來你五十二歲。」

這裡講的「年次」，指的是台灣通用，一直保留到今天的中華民國紀年，一九一二年是中華民國元年，所以民國三十五年是一九四六年，民國五十二年，就是一九六三年。

這位同學，年紀輕輕三十五歲，竟然就被誤認為五十多歲！

對這個笑話，我印象深刻，不只因為他是我同學，而且因為被誤認為比實際年紀更大的情況，也常常發生在我身上。台灣有一種談論世代分類的說法，按照中華民國紀年法稱呼「幾年幾班」。民國五十年代出生的人（約略等於中國大陸的「六〇後」）就稱為「五年級」，五十一年出生的是「五年一班」，五十二年出生的是「五年二班」，以此類推。我曾經多次遇到人家當著我的面說「你們四年級的」如何如何；也曾經遇到人家討論「五年級」的作家時，列出了一大堆名字，想破頭再想不出其他人了，還是都沒有提到我，帶點尷尬也帶點戲謔，我提醒他們：「嗯，我也是五年級啊！」

在我身上發生的狀況，一部分源自於長相，不過另外還有一部分，更大的一部分（但願是），源自於我比較頻密往來的朋友，幾乎年紀都比我大，差不多都是「四年級後段班」，甚至是「四年級前段班」的。我跟他們聊天沒有什麼隔閡，他們讀的書我也讀，他們迷過的電影我也迷過，震撼他們生命的歌曲也曾經震撼過我。差別在，他們大學時的經驗，我往往提早在高中、甚至國中時經驗了。

關於書、電影和音樂，我是早熟的。國中、高中，而非大學時代，才是我真正的生命摸索、形成期，這使得我很難跟與我同年齡，或比我年輕一點的人開懷暢談。我的親身經歷與感受，對他們很陌生、很有距離，比較接近是耳聞來的「往事」；他們記得的深刻體驗，我常常會有的反應是：「都幾歲了，還對這樣的事大驚小怪嗎？」沒有辦法同悲共喜，友誼的熱度當然也就有限了。

所以很長一段時間，我對自己出生的這個年份，一九六三年，或民國五十二年，不太有什麼感應。一直到認識馬家輝，到馬家輝提議我們兩個同年出生的人，應該來合寫一本書。對於出生於一九六三年這件事，家輝的態度和我截然相反——我總覺得我的身體裡藏著一個更老的靈魂，家輝卻希望、甚至主張自己的靈魂和身體都比一九六三年出生算來的數字年輕。我無法用看待其他台灣同齡人的眼光看待他，因為他從香港到台灣的成長經驗，如此異質異類，引我高度好奇。

透過家輝，又牽連上了胡洪俠，異質異類的好奇就更強烈了。正因為在三個複雜牽扯、既類似又微妙不同的社會成長，反而給了我和他們兩人之間，濃厚、直接的「同代感」。我無法用我的經驗記憶去假想、揣測他們看過什麼、聽過什麼、想過什麼，我只能拿自己看過、聽過、想過的，去跟他們交換。

和這本書的關係，因而格外曖昧。作者的身分往往還不如好奇的讀者身分來得重要。或者該說，寫作不再必然是我想要表達、記錄什麼，而是為了知道家輝、大俠會表達什麼、記錄什麼，必須付出的苦勞代價。

書名《對照記》明顯是從張愛玲那裡抄來的，不過值得驕傲的是，我們的書，比張愛玲那本《對照記》更符合書名文字意思。張愛玲「對照」圖與文，實質上是用文字來解說相片；我們卻是以三人的切身故事，在同樣的題目下嚴格「對照」，同時對照出了我們這一代人成長的三個社會。

都比我老實

❖ 馬家輝

既然合作寫書，總有必要寫一寫跟兩位寫作拍檔的交往過程。

我是認識楊照在先，或該說，是知道楊照這個名字在先。

我和楊照都在台灣大學畢業，他讀歷史系，屬於文學院，我讀心理系，屬於理學院，他比我早一年入學，但我們從來沒有活動交集（其實也難說，我常跟楊照開玩笑道，老兄，會不會當年我們曾在台大的椰林大道上擦身而過、搶路互瞪？甚至，會不會當年我們曾經追求過同一位女孩子？）

楊照成名得早，經常在報刊發表文章、得獎、出書，我在赴美深造前於台灣擔任雜誌社記者，和許多同事都是他的忠實讀者，對這位眼神深邃、聲調厚壯的同齡人深表仰慕（聽來有點肉麻，但確是如此！）其後我於上世紀九〇年代到了美國中西部的威斯康辛州大學攻讀博士班，身邊亦有不少台灣留學生都在談他論他，那時候，他在哈佛大學讀書，我還記得有一位社會學系的師兄去哈佛開會後回來，花了十五分鐘憶述楊照如何在會議裡發言和說了一些什麼，我們聽著，在聽一個「楊照傳奇」。

取得博士學位後，我從美國返台，再回港，於《明報》擔任副總編輯，策劃副刊改革，找得了楊照的聯絡方法，打電話向他邀稿，他接電話時說了一聲：「喂……」第一時間印證了「楊照傳奇」的其中一個元素，果然，他的聲音很厚實，很有說服力，多年以來我只知道一位作家能在「聲力」上跟他比拚，那就是梁文道。後來我將此感想對胡洪俠說了，他在《書情書色》書裡把我的概歎寫出來：「二〇〇九年香港某夜，我們從嚴禁吸菸的名門私房菜館，逃到距會展中心一箭之遙的海軍碼頭露天咖啡座繼續閒聊。馬家輝突然大有感慨，指著楊照和梁文道對我說，楊照和梁文道的嗓音都很好聽，渾厚，有磁性，聽著容易讓人信任。咱們倆的聲音太難聽了，太尖，沙啞。」

說不定胡洪俠那夜跟我一樣在心底暗暗妒忌他們倆。

第一次見到楊照的廬山真面目，是在台灣，他請我在喜來登酒店吃牛扒，討論香港《明報》副刊與台灣《新新聞》的某個合作項目，此番相見，又印證了「楊照傳奇」的另一些元素，果然，他的眼神很堅定很可靠，彷彿人間所有事情都在他的盤算掌握之中，他的學識也廣也深，出口成章，跟傳說中的他完全沒有打折。

其後我們做了十四年的朋友。

我跟胡洪俠的友誼亦有十四年歷史，但開展於我離開了《明報》之後。一九九八年開始，我參與了「四城文化會議」，那是每年一度的民間交流研討活動，輪流在香港、上海、深圳和台北之間舉行，每城各有人脈班底，香港主要是榮念曾、胡恩威、梁文道和我，台北是南方朔，上海是榮廣潤，深圳則是胡洪俠和尹昌龍等人。那年頭，混號「大俠」的胡洪俠不知道是《深圳商報》的記者抑或編輯，總之是在前線打拚，跟今天的《晶報》負責人官位隔離尚遠，但沒變的是，不管於今天和當年，他都是那麼愛喝酒愛聊天愛抽菸愛讀書愛寫作，以及，愛開玩笑愛搞氣氛，這麼多年來我一直喜歡聽他演講發言和主持會議，有他在，大家肯定笑得嘻嘻哈哈。最近我在一場座談裡稱讚胡洪俠位列我心中的「名嘴排行榜」前五名之內，甚至若論幽默感，他占首位，但他偏不相信，我沒法子，只好在此寫出，留下紀錄，立此存照。

這本書之能夠現身，其實亦緣於某回座談活動後的菸酒場合裡，由我首先對胡洪俠提出的創意，我知道胡洪俠愛玩，好玩的事他必支持，所以認認真真地對他說出想法。那回，我說，大俠，我一九六三年出生，你也一九六三年出生，台灣有一位作家楊照亦是一九六三年出生，不如我們合作寫點文字，分從兩岸三地審視自己生命所經歷過的種種喜悅或不堪，那既是個人回憶，亦是集體歷史，寫起來和讀起來，皆具趣味。

心思敏感的胡洪俠一聽，立即猛力拍自己的大腿道，同意！就這麼幹！

胡洪俠是河北人，北方漢子總喜把「就這麼幹！」掛在嘴邊，然而世間事情一旦實踐起來，還得克服好些技術障礙，譬如以何種形式合寫、寫了在何處發表、多久發表一次，之類，由於議而未決、決而未行，合寫之事一拖再拖，拖了整整三、四年了，拖到二〇一一年二月始在《晶報》落實啓航，但若不是汪小玲善盡監督之責、每週催稿，這趟航程又必中途錨停休；想來，三個老男人都應該對她鄭重說聲道謝。

好了，三個老男人的合寫專欄持續刊登了，也開始結集出書了，當天的一個小創意成為事實，我心高興，可是我又必須借引義大利作家卡爾維諾的一段書信自白求取原諒：「關於生平事蹟，我是屬於克羅齊那一派，認為作者價值在於作品（如果有價值的話）。所以我不提供生平事蹟，不然就給假的，再不然我會想辦法東改一點西改一點。所以你有什麼想知道的儘管問我，我必告訴你，但我絕不會告訴你事實，這點你可以放心。」

而我希望，楊照和胡洪俠都寫得比我老實。

「這真是一個奇蹟」

❖ 胡洪俠

我先認識香港的馬家輝，後認識台北的楊照。和馬家輝聊天時，得知楊照也是生於一九六三年，我們三個原是同齡人。我對家輝說（也可能是家輝對我說），其實我們可以一起寫本書。三個人在不同的華人社會長大，同樣的一個題目，必能寫出不同的經歷、想法與格局，其中的種種差異，一定多有意味深長之處。家輝答應聯繫楊照，希望馬上開始。說起來，這初次「訂約」，都是六、七年前的事了（家輝說是三、四年前的事，聊備一說）。

儘管馬家輝的「馬上」並不總意味著「上馬」，但此事似乎也從未「下馬」，每次見面我們都要溫習一次，互相埋怨一頓，然後再次想像一番，比如我們可以合作開一個博客，再找家報紙開個專欄，線上線下互動，鼓勵讀者點題，諸如此類，直把自己的心情說到「如火如荼如咖啡」為止，可結局呢，往往又是說說而已。二〇〇九年香港書展，總算遇到了楊照，三人於海邊一酒吧小聚，舊事重提，都覺得如果再光說不練，那就太不夠意思了。當場按生辰年月排定了座次：楊照居首，家輝屈居老二，我心不甘情不願地成了老三。老大說你們老二老三把此事耽誤了，以後就聽老大的。彼時維多利亞港灣海風習習，濤聲陣陣，燈火點點，那風那濤那燈都見證了三個老男人的「海誓山盟」。可是，實踐再一次雄辯證明，老大並不比老二老三更靠譜，接下來的一年裡，風過耳，燈沒亮，濤聲依舊。

二〇一〇年，還是在香港書展上，馬家輝、朱天心和我有一個對話，談一九六〇年代大陸、台灣、香港不同的生活。身為主持的馬家輝掌握話語權，當場向一百多位聽眾公布了三地三男人的寫作計畫。提問環節有聽眾說你們這本書一定很好看，「請問什麼時候出版呢？」家輝笑了，說我們都計劃了很多年了，應該很快可以開始了。他不失時機地看了我一眼，我也笑了，斗膽說了一句：「明年吧。」

明年復明年，一直到了二〇一一年，「對照記@1963」專欄總算走出了小會議室，走進了《晶報》「人文正刊」的「正點」版上。説起來好笑：版名叫「正點」，可這個專欄已經「晚點」很多年了。

這一刻我在想，「對照對比對流年，三人三地三本書」，這樣一個讓人眼睛一亮的寫作創意，究竟為什麼多年未能實現呢？説三個人都不靠譜那自然是開玩笑，説其中另有「隱情」，或許就能講得通。這「隱情」就是：「對照記」自然是有趣味的創意，果真要寫起來，其實並不容易，起碼對我本人是這樣。

其一，怎麼寫？我們要寫的是「公共話題中的私人記憶」，這不同於平常寫時評、書評，説的盡是別人的事；我們需要激活自己的青少年記憶，説一些之前從未披露過的自己的事。「投槍」投向別人總是容易，投向自己時又該如何自處？我們需要多少勇氣才能直面往往不堪回首的過去？迴避什麼，隱瞞什麼，當然是作者的權利，但這一權利要如何在「據實直書」前提下得以維護以求適度、適當？

其二，寫什麼？既然是「對照」，那就要寫出差異。我們所處的三個華人社會，其政治體制、經濟制度、社會狀況、文化面貌，差異不可謂不大。但是，選擇什麼樣的主題詞才足以呈現這種種差異？更麻煩的通常不是如何寫出差異，而是差異大得簡直無法下筆。比如家輝曾提出寫一回「英國女王」，我和楊照都反對：我們根本無從寫起。諸如此類，都需要時間慢慢做理智與情感方面的準備。我甚至想，這一寫作計畫拖的時間可能還不夠長久，我們應該等待一個更合適的時間。我們也應該有足夠的時間討論每回的主題詞。好在《對照記》我們計劃寫三本，第一本暴露出的缺陷還可以由第二本、第三本彌補。

可以想像一下，分別出生在大陸、台灣、香港的三位同齡人，聯袂完成一個通過回憶相互對照的寫作和出版計畫，這在三十年前是可能的嗎？二十年前呢？所以，先不論其他，僅憑創意竟然能夠實現，且起始於深圳報紙專欄、繼之以三地同時出版新書，就用得上鐵道部前發言人的一句「名言」：這真是一個奇蹟。八〇後、九〇後對此感觸不深，而對六〇後而言，這是我們小時候做夢都夢不到的事情。

緣起

很偶然的，台北的楊照、香港的馬家輝、深圳的胡洪俠相互認識了，但是很湊巧，他們都生於一九六三年。三個老男人於是開始謀劃：既然三個人來自三地，成長環境、教育背景大為不同，如果選擇一些共同的日常辭彙或話題，三個人各寫一篇文章，一定很有意思。單獨看某一個人的文章可能覺不出什麼，如果三篇對照起來看，可能意義就不一樣了。三個人一拍即合，都表示說到做到。他們年年都「說到」，但都沒「做到」。就這樣，一說七、八年。就這樣，辛卯兔年來了。他們想：本命年駕到，再光說不練實在說不過去了。好吧，開始！

1
台灣

夢裡不知身是客

楊照

有些事，沒有人禁止你做，你不會特別想去做的，然而一旦被禁止了，反而就有充分理由，非做不可。

一九八五到一九八七年，我在台灣南部鳳山服步兵役。那時節，軍中雷厲風行重點執行的，是官兵嚴禁騎機車。只要是具備軍人身分的，就絕對不可以騎機車，違犯者士官兵關禁閉，軍官記過扣薪。

台灣大城小鎮到處都是機車流竄。機車是最方便又最省錢的交通工具，為什麼要禁止軍人騎車？原來，正因為機車太方便了，騎車太普遍了，相應地機車車禍案件當然也就不會少。就在我入伍之前，有一篇聳動的報導顯示，每一年官士兵在機車車禍中喪生的人數，高達幾百人。報導標題寫的是：「不待共軍打過來，國軍每年損失一營兵力。」

禁止官士兵騎機車，保全每年一營兵力，拿來應付「共匪」——這是參謀本部的直接反應。

所以也就在那時，我從步兵學校戰術組的同事那裡，借來了一部機車，度過了人生中僅有的一段機車生活。一放假，我們換了便服騎腳踏車出營，沿途稍微注意是否有憲兵或學校高幹，悄悄滑進鳳山的一條窄巷裡，巷底是一家寄車店，在那裡寄了腳踏車，同時換領本來寄在那裡的機車。

車騎出來，有幾個關口需特別小心。鳳山車站前面一定有憲兵，他們看到理平頭的人騎車過去，常常會攔檢。加油站是另一個風紀人員埋伏的地方，趁你停下來加油，便衣人員就會過來跟你討駕照。你身上的機車駕照早就被單位收繳保管了，怎麼拿得出來？

所以一定得隨時讓機車油箱至少三分之一滿，能夠騎超過附近軍事單位林立的區域，最好是過了高屏大橋，到屏東縣境內加油，比較安全。

我們常常一起往南騎，騎到台灣最南端的鵝鑾鼻去。在那裡上燈塔，看台灣海峽和巴士海峽交界的海域。我們有時往東騎，騎到山區去，還可以越過南橫公路抵達台東，另一個同事的老家在成功漁港。

有兩個景象，讓我深深難忘。一是六龜山中的孤兒院，濃霧圍繞中幾乎看不到房舍，只聽見兒童唱歌的聲音，順著聲音前進，赫然發現在鐵門邊站著一個金髮碧眼的神父。另一是台東的卑南部落，幾棵大樹上架著簡單的繩索秋千，看起來危險，然而一旦盪起來了，人就像鳥一般飛向天空，飛上飛下，驚慌消失了，眼睛重新打開，瞬間看見山腳下台東市的燈火夜景，耳朵同時打開，聽見高亢的歌聲，婉轉多情，卻一句歌詞都聽不懂。

兩次經驗，都讓我恍惚遺落自己究竟身在何處的答案。這是台灣嗎？一直到念完大學，我所認識的台灣，沒有這樣的東西。騎車在山路上左轉右拐，我忍不住想：那麼，台灣到底還有多少這樣不同的，無法想像、不可思議的地方呢？如果我原先認識的台灣，無法涵蓋這樣的經驗，那要如何我才真正能瞭解台灣，有點把握呢？

風呼呼地吹過，時而蕭蕭，時而颯颯，時而嘩嘩，我心底浮出了一個念頭：我應該繼續這樣騎下去，一個人一部機車，一直騎下去，騎到台灣的每一個角落，去看看到底都有些什麼樣的人活在台灣。

突然之間，本來如此理所當然的台灣，我生長的地方，變得如此陌生。顯然我真正知道的，不是台灣，而是恰巧我熟悉、我到過的幾個地方，台北、花蓮，頂多加一點宜蘭、台中，如此而已。雖然台灣大不到哪裡去，但比起來，台灣還是比我熟悉、我到過的地方，大得多了。

回到營區，睡不著時，我甚至還認真算了，一個人一部車，一天走兩個鄉鎮，那麼大約半年時間可以走得完全台灣。我甚至開始想像，每一天換一家簡陋的旅店，一個月穿破一件運動衫，兩個月換一條牛仔褲。頂著烈日風雨，半年之後，我的皮膚將會粗黑到照相底片都很難感光的地步吧！

那麼，我就能夠真正看到台灣，真正瞭解台灣。各種台灣人的各種台灣生活，我也才能夠精確地判斷：究竟台灣是大還是小？

那一年，我二十四歲。做了詳細的路線規劃，要去專心看看台灣。可惜一退伍回到台北，我沒有了機車，也快速失去了當時違禁偷偷騎車的強烈動機。兩個多月後，我離台到美國留學，心底一直疙瘩著：我畢竟還不明白台灣，我的家鄉，究竟是怎麼回事。

第一次冒險接觸

❖ 馬家輝

香港人於上世紀七〇年代欲到台灣旅行還真麻煩得有點不近情理：當然必須申請簽證，交出一大堆文件，包括小中大學畢業文憑副本、工作證明和收入證據、父母親的身分證複印本和職業資料、在台「擔保人」的聯絡方式等等等等，好讓台灣「有關單位」花三、四個星期對你進行「背景審查」，而且或要接受面試，還有啊還須在領取簽證時親筆填寫一張類似「效忠宣言」之類的政治誓詞，咬牙切齒地自白自清，本人前來台灣絕對不是為了搜集情報或策劃叛亂。

這其實非常搞笑對不對？彷彿世上真有某個特務會拍一下胸脯說，「我不簽！老子到台灣就是為了收情報和搞革命！」做了特務，還會拒絕發假誓嗎？

上世紀七〇年代的台灣，在許多香港人眼中，確實頗多搞笑之舉，且繼續以旅行為例，出發前，朋友們無不互相提醒，到了那個又叫做「美麗寶島」的地方，千萬別在公開場合提及任何關乎中國大陸的大小事情，否則極有可能被抓去一個叫做綠島的地方，從此叫天不應呼天不聞；男孩子最好避免穿當時流行的大喇叭褲，也最好先把前額留海稍為剪短，以免走在路上被警察找麻煩，抓到派出所，冠上「太保」或「流氓」罪名，最後被剪去一截褲管和剃去半邊頭髮才可離開；若有艷遇，避之則吉，因為當地流行「仙人跳」，在你於床上溫存之際隨時有人闖進房間威脅勒索；女孩子能夠不坐計程車就最好別坐，當地常有「計程車之狼」，把女乘客載到荒山野地，先姦後殺……種種疑真似假的口耳相傳把台灣描述成一個空氣血腥之地，近乎李鴻章昔年所曾誇張形容，「男無情，女無義」，遊山玩水勉強可以，但須處處謹慎提防。

此等傳說我皆未曾親歷，可是另有一個跟旅行台灣直接相關的好玩現象我卻屢有為之，那就是，「帶貨」。

別擔心，帶貨並非運毒。那些貨，是「水貨」，是例如菸酒之類的舶來消費品，那年頭的台灣對進口洋貨徵稅甚高，民間乃有「個人走私」的灰色操作空間，旅客紛紛以送禮自用為名，把商品限量免稅帶入，然後轉售圖利。當時有兩種流行的操作方式，一是由旅客自行購物，通常是一條萬寶路香菸、一瓶XO白蘭地、兩支香水、兩包冬菇，兩包髮菜、加上兩罐鮑魚，已占去了行李箱半邊位子。抵達台灣後，打個聯絡給專門從事這勾當的旅行社，他們便會派人前來酒店取貨，並把鈔票給你，扣除本錢後，你大概可以賺回四分之三的票價錢，大約是港幣五百元。

另有一種操作方式能夠大幅度提高你的利潤，但風險實在太大，我試過一回後便不敢再幹，那是在出發之日，到了香港啟德機場，旅行社有人把一個已經塞滿了洋貨的行李箱給你，你負責把整個箱子帶進台灣，順利入境後，旅行社員工會來酒店取貨，給你一疊厚厚的「新台幣」，足夠補回你的機票支出和三天兩夜房租。金錢是美好的，可是這麼賺錢卻太愚蠢，你怎能肯定對方除了洋貨沒把其他亂七八糟的東西放進行李？一旦出事，在台灣，是有可能被送到刑場吃子彈的。少不懂事的我曾因財迷心竅而冒險犯難，儘管平安過關，但當夜睡在台灣天成酒店的房間床上，心神難定，噩夢連連，痛苦感受至今未忘。

僥倖沒在台灣吃子彈的我，其後跟台灣之間的關係逐漸超越了「遊客」而緊緊連扣，一九八三年，我從香港赴台升學，先在輔仁大學讀心理學，二年級轉到台灣大學，同樣讀心理學；一九八七年，大學畢業，留台工作，取得了台灣護照和正式的居民身分，從此成為「台灣人」；一九九一年，我跟台灣女子結婚，做了「台灣女婿」，有了台灣親戚；一九九三年，我在美國攻讀博士，也做了父親，每年必陪女兒和妻子返台度過寒暑假……當然台灣也早已不是當年的台灣了，那些搞笑的事實與傳說，早已煙消雲散成為純笑話，如今我生活於香港，仍然經常因為不同的理由「回去」台灣，而每次回去，總覺她又有所變化，一直變，仍在變，如同羅大佑曾唱的一首歌，〈現象七十二變〉，容顏與精神皆異於昔，for better or worse，任你詮釋解讀。

往後我跟台灣的關係又將如何？三個月前，廣州《名牌》雜誌訪問我，文章刊登時的標題是〈馬家輝：香港非我埋骨之所〉。這便是了。不是香港，而是台灣，我是終必「回去」的。生於香港，葬於台灣，高興地，我幾乎可以肯定自己的下場。

玉米地裡的台灣

❖ 胡洪俠

幾十年前的華北農村，現在想起來更像農村：夏天下雨，冬天下雪，春天的味道很好聞，尤其是秋天，一望無際的玉米地好玩極了，鑽進去就不辨南北，什麼故事都可能發生。

那時候農村的學校秋天照例放秋假，小夥伴們天天成群結隊，一邊汗流浹背地砍草，一邊神出鬼沒地撒野。這天的下午，我們幾個人相約去了村北的玉米地。天很藍，雲很高，玉米地裡卻是悶熱得很。筐裡草還沒滿的時候，突然有人喊：「夥計們，過來過來，有東西。」

喊話的這小子經常撒謊，我們輪流罵了他幾聲後，就沒人理他。他急了：「快點啊！台灣！」

我們就笑了。玉米地裡什麼都可能有，但就是不會有台灣。我們那個年齡，都沒出過遠門，最多就是去十幾里外的村子裡走走親戚。我們能說出來的地名並不多，除了附近的幾個村子，還知道北京天安門，知道亞非拉，知道柬埔寨和阿爾巴尼亞。上海廣州一類的地名我們不太清楚，更不關心，因為那些地方和我們的生活沒關係，做夢都夢不到。但是我們知道台灣。太熟悉了，很小很小的時候就熟悉了。村裡的牆上，凡是平整些的，都是要用白石灰之類刷上標語的。處處寫，年年寫，內容也常常換，但有一句話總會有，那就是「一定要解放台灣」。我們常常在這個口號下討論，比如都說台灣是個海島，島是什麼樣子？海到底有多大，怎麼可能盛得下祖國的寶島？台灣既然需要解放，那裡的人生活應該比我們還苦吧。那個愛撒謊的小子還常常表情凝重地說：「長大要去當兵，去解放他們。」所以玉米地裡他喊「台灣」時，我們覺得他肯定是想當兵想瘋了。既然「一定要解放台灣」，那台灣一定是在很遠的地方；如果在玉米地裡，我們早順手解放了，還用得著那小子去當兵？

那小子見沒人理他，就跑到了我們這邊來，手裡晃著一張紙。「你們看看，」他問，「『國民』後面這個字唸什麼？」我自以為認字多，先把那紙片搶了過來。原來那並不是普通的紙，而是一張很難撕壞的塑膠紙，有兩張一塊錢人民幣大小，正反兩面有文字，有圖片，還是彩色的。天！這是國民黨的東西啊。那小子不認識的那個字，我也沒學過，但看起來很像個「黨」字啊，只是比我們認識的「黨」多了個「黑」而已。這就是傳說中的反動傳單吧。我拿在手上，唸不敢唸，扔不敢扔，不知所措。那小子說：「唸唸！怕什麼，回家誰要給大人說這事誰是狗。」

現在我已記不清楚傳單上準確的內容了，模糊記得有國民黨黨旗，有一幫「國軍」在一架飛機旁邊笑，有寫給「共軍兄弟」的話，還有聯繫方式等等。那小子一聽，來了精神：「你在這裡別動。你們幾個，散開，繼續找，這還了得，反動傳單啊！誰扔這裡的？咱們村有特務！一會兒回這兒集合。」我坐在地上，忐忑不安地等，只聽見幾個人玉米地裡唰唰唰一陣亂跑。等他們回來時，手裡又多了幾張傳單。圍坐在一起，我們開始猜這特務是哪個村的，是男是女，是老是少。正沒個結論，突然有腳步聲，離我們愈來愈近。我們全不敢動了，心想肯定是特務回來找傳單了。一心要解放台灣的那小子這會兒眼睛直直的，兩腿微微發抖。

就這麼等著。其實也不是等，是嚇傻了，連起身逃跑都忘了。終於，腳步聲消失，一個人站在了我們面前。大著膽子抬頭一看，呵呵，原來是已經上了中學的本家大哥。那小子率先活過來，站起身邊拍屁股邊喊：「大哥大哥，咱們村有特務。」然後從我手中奪過傳單交到了大哥手上。

大哥一看，笑了，說：「什麼特務不特務的，別胡說。這是台灣用氣球飄過來的傳單，聽老師說還有餅乾等等吃的東西呢。你們沒找著？」我們都搖頭。我們不太相信這是氣球飄過來的。聽大哥說這跟特務沒關係，我們也就放了心；可是沒撿到餅乾，我們又有點灰心。

那幾張傳單後來去了哪兒我也忘了，今天倒是後悔沒有好好珍藏起來。二〇〇三年秋天，我去台北開會，終於見到真實的台灣。接待方一位女士很婉約地問：「胡先生是什麼時間知道台灣的呢？」我給她講了上面的故事。她很優雅地搖頭表示不可思議。「這不算什麼。」我對她說：「你們當年的傳單，飄到最遠的地方知道是哪兒嗎？是以色列！」那女士嘴張得大大的，半天沒闔上。

2

香港

有「鹹濕片」風光的香港

❖ 楊照

只是一家學校旁邊的小書店，然而在成長易感的年代，走進那樣的書店，都是一次次無可預知的冒險經驗。還不知道世界有多大，還無從判斷什麼樣的書裡藏著什麼樣的內容，翻開書頁，很可能就翻開了一個不可思議的存在領域，大受震動，甚至大受驚嚇。

十三、四歲，我在那家書店翻開了但漢章的《電影新潮》，同時翻開了三個讓我震動、驚嚇的領域。

第一個，是電影，或者說電影的多樣變化風華。我知道電影是什麼，雖然很少有進電影院的經驗。那個年代，台灣的三家電視台不約而同，在星期六和星期天下午，都排了播映好萊塢老片的節目，有的叫「星期電影院」，有的叫「電視長片」，有的叫「名片欣賞」……實質上都是同一回事，將從三〇年代到五〇年代的好萊塢電影拿來一播再播。

我看了一部又一部華麗的歌舞片，金凱利、佛雷亞斯坦、秀蘭・鄧波兒；看了一部又一部豪邁的西部片，約翰・韋恩、葛雷・葛萊畢克；看了一部又一部大手筆的歷史劇，《十誡》、《賓漢》、《埃及艷后》……

然而一翻開但漢章的書，描寫的是侯麥的《醉臥美人膝》、《綠光》，楚浮的《四百擊》、《夜以繼日》，哇，我從來不知道的電影，以及我從來沒有想過電影背後會有的過程、故事，以及夢想。

第二個領域更驚人，或該說更迷人。這樣解釋吧，《電影新潮》是但漢章在報紙上專欄結集而成的，他的專欄剛開始寫，引起軒然大波，差點夭折，後來匆忙改了名稱才維持下來的。在改成「電影新潮」之前，專欄的原名是「新電影性電影」。

書中還真的介紹了許多「性電影」。包括在美國莫名其妙大紅特紅的《深喉嚨》，來自北歐的《我好奇，黃色》，充滿荒淫墮落場面的義大利電影《十日談》，日本大島渚的《感官世界》……

光看但漢章用文字敘述這些電影情節，就夠讓我心跳加快、面色潮紅了，更何況書中還收錄了好些電影劇照，其裸露程度，絕對不是我在其他任何書籍、雜誌中曾經看到過的。

還有第三項震撼。在「性電影」的領域裡，竟然有一章專門寫香港電影的。原來拍《梁山伯與祝英台》的李翰祥在香港拍過台灣根本看不到的「鹹濕片」。光是「鹹濕片」三個字，就充滿了禁忌的氣息，奇異的嗅覺與味覺暗示。

這是我生命中，第一次明確感受到香港的存在，不只是歷史課本上一言帶過的西方帝國主義欺負中國的結果。原來，香港是一個可以看得到「鹹濕片」的地方！

我自以為是地理解了：是嘛，香港是英國殖民地，當然可以和西方社會一樣開放。西方人可以在《發條橘子》中，讓一個男人一邊聽貝多芬，一邊「一箭雙雕完成對一對姐妹花的肉體侵犯」（但漢章語）；西方人可以拍一個人突然獲得了透視衣物能力的荒唐情節，為了讓「螢幕上走來一個個一絲不掛的美女」；西方人可以在銀幕上反覆看碧姬．芭杜「那對即使躺下來時都還突顯壯觀的白皙胸部」……那麼作為英國殖民地的香港，自然也能了。

想到這裡，覺得格外興奮。在那個封閉的年代，周遭沒一個出過國的人，我完全無法想像自己能有機會去到任何一個西方社會。但香港就不一樣了。小學班上就有一個從香港搬回台灣來的同學，他爸爸還有生意在香港，經常來來往往。他們家會有銀色鋁箔紙包裝的巧克力糖，他是班上最早開始學拉小提琴的，他過生日時我得以沾光進到「統一牛排館」吃生平第一頓西餐……

回想起那個住過香港的同學，進一步堅實了我的信念。原來，開放、自由的西方沒有那麼遙遠，就在教室中國地圖上短短兩、三公分距離外的香港。原來，我只要有辦法去到香港，就可以看到李翰祥的電影，也可以看到《綠光》、《發條橘子》和《我好奇，黃色》，我就能看到但漢章幫我打開的那個世界了。

在那個當下，看到那些禁忌電影如此重要，知道有開放的香港在不遠處如此重要，這項記憶始終留著。至於後來發現其實但漢章自己也沒看過那些電影，發現那些電影其實也沒有那麼驚駭，尤其發現香港其實根本沒有那麼開放自由，就都是長大後無可避免的幻滅了。

當「港仔」變成了「港佬」

❖ 馬家輝

那是一九八三年的炎熱九月，極悶極熱的夏日，我常常隱約覺得呼吸困難、有窒息之感；那一年，我從香港飛往台灣升學；入讀輔仁大學應用心理學系一年級；住在男生宿舍；一個房間四張床；除了我，還有另一位香港僑生陳志新和兩位華裔韓僑。

記憶中的那股悶熱，除了來自校園天空上的大太陽，除了因為這是我生平首度離家遠居、住進沒有電風扇沒有冷氣機的小房間，尚有一層更深刻的窒息源頭：那年九月，香港前途談判觸礁，中英雙方吵架鬧翻，港元崩盤，人心惶恐，我每天透過台灣報紙或電視讀著看著零碎割裂的新聞訊息，感覺是徹底地無助。

別忘了那是互聯網尚未現身的上世紀八〇年代，也沒有手機，如果想從台灣打一通長途電話到香港，必須從校園騎三十分鐘腳踏車到附近社區的電信局，填表、繳費，預先聲明要講多少分鐘，然後坐到長長的破敗的木椅上，等待接線生通知：喂，年輕人，好了，可以了，接通了；你在指示下走進一個窄如衣櫃的小房間，開口說話吧，時間到了便會自動斷線。所以，到了台灣，有關香港的風雲變化便只能透過《中國時報》和《聯合報》和「中華電視台」之類少數壟斷媒體的提供餵給而簡略得知，狀態愈不明朗，心情遂愈焦灼。

當時的爭議焦點非常關鍵：英國不願放棄香港，在談判桌上要求「以主權換治權」，由中華人民共和國在名義上擁有香港，由英國繼續占領管治，各不相擾，各有角色，英國每年將把一筆龐大的「管治稅」交予中國。中南海的領導同志們當然不會同意如斯「賣國」妄想，他們拍桌，談判破裂，種種謠言馬上衍生流轉。其中一則是，「鄧小平考慮派遣解放軍南下，提早收回香港」。這還得了？那年的九月中旬，香港股市於一天之內重創百分之十六，港幣匯價亦於一週之內下跌百分之二十六，由七．六港元變成九．六港元兌換一美元，市面更出現搶購潮，市民擠到商店發瘋地囤買白米和奶粉等民生用品，銀行門口也開始有人排隊提款……面對亂局，為穩陣腳，香港政府毅然宣布，十月十五日起實施聯繫匯率制度，規定以七．八港元掛鈎兌換一美元，努力讓香港人相信，別急別怕，香港明天會更好。

港幣暴跌對留台僑生當然產生極大的震懾力，本來一港元可兌換六元多新台幣，忽然，變成了五元多，又忽然，變成了五元，萬一匯價再跌，帶在身邊的港幣不值錢了，日子怎麼過？學費怎麼繳？在聯繫匯率制度施行前的數星期裡，住在宿舍的香港僑生們經常聚在一起，交換關於故城舊地的真假訊息，氣氛凝重，心情更凝重，在七嘴八舌裡，種種能夠想像出來的恐怖前景都被想像出來了。有人擔心，香港人會否終有一日要像越南船民般駕舟出海逃難？有人猜度，既然英國曾經為了搶奪福克蘭群島而不惜派遣海軍跟阿根廷開打，鐵娘子柴契爾夫人亦不無可能以武力續占香港，中英兩國，終有一戰；有人期待，如果香港陷入混亂，國民黨政府應對留台僑生伸出援手，免減學費，資助生活，准許我們於大學畢業後長期留台工作。港事與國事，在狹窄的宿舍房間內，被一群赤裸著上半身，汗流浹背的「港仔」僑生，或站著，或坐著，或蹲著，討論得激烈熱切，室內的溫度遂更提高，我在其中，眼前泛起一陣霧氣，難以清晰看見前頭影像。

自1983年到現在，二十八年過去了，我從擔心香港前途的「港仔」，變成了心安理得地活在其中的「港佬」。

那是我第一次對「香港」這個城市這個身分這個符號擁有如此強烈的依附情緒。我不記得自己有沒有曾因擔心香港前途而流淚，但我記得曾就此事寫了幾首新詩投給報社副刊，詩作被退稿了，詩的句子我也忘得一乾二淨了，可我從沒忘記寫詩時的用力狀態，隱隱有「國之將亡」的哀痛錯覺，我的家人我的友伴正身處危機之中，而我在另一個地方，只能如此無力地、被動地，隔岸看著。

「港仔」是上世紀八〇年代台灣學生對香港僑生的普遍稱謂，語含歧視，猶如某些香港人把菲律賓女傭喚作「賓妹」。不知道新世代的台灣人是否仍慣用這兩個字稱呼香港人？希望不會吧。萬一仍然會，請記得別叫我「港仔」了，我早已超齡，早已變成「港佬」，可是，二十八年過去了，聯繫匯率制度仍然存在，它跟我這「港佬」同老，在這制度上面，其實銘刻著我一個炎夏的恐懼焦慮，它黏附了我的熱汗；它，有點鹹。

通往香港之路

❖ 胡洪俠

胡元十幾歲的時候，有一天突然說：「爸，帶我去香港看看吧。」我想都沒想就答應了，因為這很容易。

時值二〇〇一年暑假，羅湖海關驗證大廳大排長龍，胡元東張西望，興奮異常。見一個維持秩序的邊防戰士走過來，他馬上問：「我可以和他照張合影嗎？」「別亂動，」我說，「有什麼好拍的。」他就不再吱聲，繼續東張西望。排隊長龍緩緩前行。過了一會兒，他又問：「香港不是回歸了嗎，去一趟怎麼還是這麼難？又辦證又排隊的，讓人著急。」難？他覺得難？可是我覺得已經很容易了。為什麼我覺得很容易而他覺得難？這倒是個有趣的話題，值得聊聊。

「兒子，你怎麼會想起來要去香港？」

「想去啊。想去就去。」

「可是你知道嗎，你爸三十歲以前都沒想過要去香港。」

「哈哈，那當然。殖民地嘛，你想去也去不了啊。」

「不是想去去不了，而是連這個念頭都沒有。」

「那就奇怪了。」

是很奇怪。五年小學我沒學過也沒聽過「香港」這個詞，那座城市不在我的生活之內；中學課本地圖下方的那個黑點旁倒是寫著「香港」二字，可是一直跟著個括弧，裡面寫著「英占」；考到小城上學時聽說喇叭褲太陽鏡靡靡之音等等腐朽生活方式都是從香港傳過來的；錄像廳裡看黑白《射雕英雄傳》時小老闆神祕地說這是「港產片」；在紅旗電影院看《少林寺》時我一邊聽著好聽的「日出嵩山坳，晨鐘驚飛鳥」一邊納悶：明明少林寺和李連杰都是中國的，電影怎麼是「中港合拍」？我沒留意什麼時候中英就香港問題發表了聯合聲明，那時候我一心想去的地方是北京……這，真的很奇怪？

終於挪到驗證口了，胡元莫名其妙地朝玻璃房裡穿制服的人敬了個禮，笑咪咪地遞上通行證，徹頭徹尾地故作鎮靜。過了簡體字的這一關，再過繁體字的那一關。一河之隔，關山萬里。縱是如此，我還是覺得容易，也覺得幸福。

坐上開往九龍的火車，我繼續和胡元聊。

「香港到了，這幾天你想看什麼？」

「看董橋伯伯，看馬家輝叔叔。」

「咦，你怎麼想到要去見他們？」

「不是你說的要去見他們嗎？」

「噢，我忘了說過這話了。那是我的事，你自己有什麼打算？」

「……沒打算，到時候再說。」

中午時分到銅鑼灣，家輝兄已經在時代廣場等了。午飯畢，去田園書屋看台版書。傍晚，去陸羽茶社赴董先生晚宴。緊緊張張，忙忙亂亂，胡元陪著倒也老老實實，提著精神，話雖不多，笑容常在，但我總覺得他若有所思。晚飯後，我們順路去蘭桂坊逛逛。「爸！」胡元音調突然高了八度。「這個地方有點像！」他見我不明白，

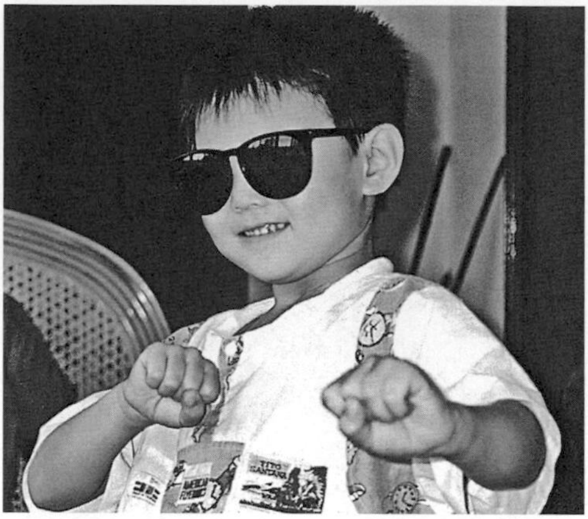

我兒子從小受港片影響，一直希望去香港街頭參觀警匪槍戰。

接著叫：「警匪片啊，警匪槍戰！我看過好多香港電影，黑社會和警察對射，啪啪啪——爸我告訴你吧，我來香港就是想看警匪槍戰。」

「你來香港就是為了看警匪槍戰？」

「是啊。下午在田園書屋我想買那幾本書，你說是禁書，不讓我看。那我還看什麼。高樓哪裡沒有啊，北京有的是。」

「可是我來香港多少次了也沒碰見過一回警匪槍戰啊。」

「那是你膽小，碰不上。」

於是那天晚上我們在香港街頭轉了很久，深夜十一點多才回到銅鑼灣的住處。胡元馬上打開電視，看有沒有警匪槍戰的新聞。看了一會兒，發現粵語英語全聽不懂，沮喪至極。我們的住處臨軒尼詩道，車聲隆隆，徹夜不息。朦朦朧朧之中，我突然被胡元搖醒：「爸，聽！」我一愣，看表，凌晨三點多。又見胡元衝到窗口向外看。「警車。你聽見沒有？警車！我說會有警匪槍戰吧，你還不信。」我勉強爬起來，順著他指的方向看了看，然後惱了：「滾回去睡覺。什麼警匪槍戰，那是消防車，知道嗎？」

經此折騰，兩人都睡意全無。

「爸，你不是說香港是言論自由的地方嗎？」

「是啊。」

「那電影什麼的都得說真話吧？」

「電影不一定。」

「我看也是。全是騙人的。」

「那也不一定。」

「什麼不一定。一定。比如警匪槍戰……」

我就知道他會繞到警匪槍戰上來，趕緊背過身去：「睡覺睡覺！」

「好不容易來趟香港，光睡覺怎麼行。」他一個人在那裡嘰嘰咕咕，「反正，明天我必須和香港的警察合個影。對，不叫警察，叫阿Sir……嗨，阿Sir！」

3

大陸

只存在於地圖上的美好大陸

❖ 楊照

十三、四歲的時候，有兩年中，我生活中的一項重點，是畫地圖。

那是國中一年級和二年級，遇到了一位特別的地理老師。教我們班前後好幾個女老師，這位地理老師，是其中外表最不起眼的一個。國一的導師，教的是工藝，一貫化著濃妝來學校，更重要的，她的胸部是全校女老師當中最雄偉可觀的。國二的導師，教的是物理化學，才剛剛從大學畢業，是全校最年輕的女老師，可能還保留學生時代的習慣，沒有充分理解國中男生班的環境，有時會穿不到膝蓋的迷你裙來上課，弄得全班青春期的男生難以安坐。還有連續帶我們兩年的英文老師，據說在師大時就是系花，長得極度清秀，每次去辦公室都會看到她座位旁邊有男老師藉故過去找她講話。

可是在我們班上真正最受歡迎的老師，都不是這幾位刺激腺體分泌的美女，而是用任何標準看都不漂亮的地理老師。因為她上課那麼認真，因為她上課那麼有趣。她通常懷裡抱著一卷大大的掛圖走進來，將掛圖掛好，然後就在圖上東指西指，從第一分鐘到最後一分鐘，不會低頭看一下課本或參考資料，就那樣滔滔不絕地講，而且講的內容，很大一部分我們翻破了課本都找不到。

我饑渴、認真地上地理課，因為不像其他課，地理課的內容沒聽到就沒有了，沒辦法回家自己再從課本裡挖出來。而地理老師上課時，講的次數最多的詞，一定就是「大陸」。兩年的課程，都在上《中國地理》，基本上每一課教一個省，台灣也只是其中的一個省，只不過台灣教的內容多些，所以分「上、中、下」占了三課。

地理老師講的，是各式各樣的大陸風光故事。課本上寫到南京，老師就說秦淮河上的舟影點點，船內的文人妓女；就說中山陵的階梯，順帶形容孫中山先生安靈時的壯大場面。課本上寫到浙江海岸，老師就特別在圖上標出普陀山，形容山寺的景觀模

國中地理老師在女生班上課，應該是二姐她們班的同學偷拍的。

樣，浴佛節的進香盛況。課本上寫到湖南盛產桐油，老天，我們哪曉得桐油是什麼，老師給我們看油桐樹的照片，解釋桐油的防水功能，抗戰時還可以取代汽油，接著講了一長段戰爭期間尋找替代燃料的故事，其中包括南美洲國家拿咖啡樹枝和咖啡豆放進蒸汽火車鍋爐裡，火車一路跑一路冒出濃得讓人受不了的咖啡香味，惹得我們哈哈大笑。

每星期的地理作業，最主要的就是畫一張地圖。老師要求我們每個人準備一本張其昀掛名主編的《中華民國地圖集》，教我們如何在地圖上畫整齊的小方格，對照作業本上畫的小方格，準確地抄描圖上的每一個線條，標記每一個地名。省界、河川、還有一條條輪狀的等高線。用鉛筆描好了之後，再拿色筆塗上顏色，儘量做到和原圖上一模一樣。

我每個星期都認真、仔細地畫這些地圖。從台灣省開始，一省一省畫，畫到遼北、吉林、黑龍江。我的色筆著色不是輕輕塗上去的，是刻意用力反覆來回，讓圖上積了一層厚厚的顏色，會有光澤的。也因此我的色筆消耗得特別快，沒幾個星期就得花自己少少的零用錢去買新的一盒。

原本因為在意老師，在意老師給的作業成績，所以努力畫地圖。後來慢慢地，變成好像從畫地圖這件事裡得到的滿足成就，超越了作業成績的重要。期末老師趕進度，一口氣教了三課，只要求我們畫一張地圖，我卻會花掉一整個星期六下午的時間，把三張圖都畫出來。看到自己畫出一張比書上印刷的還要光亮精美的地圖，真是過癮。

兩年的過程，也就夠讓我感覺對於那片叫做「大陸」的土地，如此親切如此熟悉。但也因此，每次想到我幾乎沒有任何機會可能去到「大陸」，身體裡就有一種奇特的不安。這裡顯然有什麼大大不對勁的問題，一個我不能不思考，卻又絕對不能思考的問題。

那些地圖到底是什麼？是真實土地的縮影、紀錄，如同地理課本告訴我們的，還是某種可以獨立出來被把玩撫弄的美好的東西？一度我很想去問地理老師，而且我信任她一定能給我解答，但我卻根本找不到究竟該如何啟口發問的方法。

慢慢地，我蹲下來了……

馬家輝

廁所，絕對是廁所；上世紀八〇年代初及在此以前，每當談及中國大陸，廁所必是香港人最七嘴八舌、最熱切投入的經驗話題，我們大驚小怪地發現，原來本來已經很臭的廁所可以被弄成極臭、本來已經極臭的廁所可以被弄成一個「臭」字已不足形容地臭，原來，中國人對臭的忍受能力竟然可以這麼高這麼久，中國人，真了不起。

最早觀察到廁所話題的人其實是陳冠中，在整整三十年前，他在香港《號外》雜誌上寫了一篇叫做〈廁所卓見〉的文章，其中便說：「香港人及海外華僑，返大陸旅行，最大的抱怨是廁所不潔。赴朋友宴會，同桌有人剛從大陸遊畢返港，我的經驗是大概第三個話題就會轉到大陸臭廁，話題大約可以維持十五分鐘。」

該文探討的主要是美國、日本、中國、香港等地的廁所現象，陳冠中所以就此打住，沒就大陸臭廁的話題深入發揮，但我記得當時讀了，心裡嘀咕，暗對自己說，有那麼誇張嗎？大陸廁所真是臭廁嗎？我不相信。

不相信，只因當時我尚未去過中國大陸；去過之後，不信也得信。

第一次獨自去中國大陸旅行，時為一九八五年，大二升大三的暑假，從台灣回到香港，報名參加「學生聯會」組織的旅行團，跟十多位大學生和中學老師先去廣州，再去北京，然後是呼和浩特和包頭，是二十多年以前的事情了，曾在眼前出現的人事景物早已忘得一乾二淨，除了兩個影像，一是萬里長城的高聳宏偉，比任何照片任何圖畫任何想像都更具震撼力，站於牆下，昂首仰望高不可攀的石頭復石頭再怎麼看都還是石頭，我感動了，想流淚。其二呢，便是同樣令我想流淚——但不是因為感動而是因為感慨——的公共廁所，遍地的屎尿復屎尿再怎麼看還是屎尿，我呆站廁內，進退維艱，動彈不得，只想扯開嗓門向站在廁外的導遊喊救命。

但導遊當然懶得理我，因為進廁之前，他早已一再提醒我們這群「城市港人」做好心理準備，譬如說，先把兩邊褲管摺高捲起，免得沾到糞溺；用一條小毛巾遮掩口鼻；暫時屏閉呼吸；用最快速度把需要解決的事情解決掉；在唇上鼻下塗抹一些香油香精香水，以香掩臭，並讓自己保持頭腦清醒……可恨的是我竟然都沒聽，每回飯後皆直接衝進不同的餐廳和菜館的廁所，每次都懷抱「這間應該比較有水準吧？」的樂觀念頭，但結果，都一樣，只有很糟、更糟、非常糟、糟到沒法再糟的程度之別，印象裡，沒有半間公共廁所文明合格。

然而，到底是精明現實的香港人，我很快能夠適應環境，不哭不吐不喊救命了，甚至能夠在惡劣的如廁環境下找尋最大的「利潤空間」，看見什麼「好處」便拿什麼好處。舉個例吧，好些廁所裡，根本沒有坐廁馬桶，也沒有獨立門戶，有的只是左右兩道長長的溝，上面鋪了木條或磚頭，如廁的人必須並排而蹲，沒有半分私隱，彼此聲臭相聞，誰也迴避不了誰。這便在我腦海勾起了一個小小的思考問號：我到底應該面向牆壁而蹲，讓所有人看見我的兩瓣屁股呢（那時候年輕，還頗結實可看！）抑或應該向前蹲，眼睛盯著其他人，以防突然有強盜闖入而對我構成威脅？

一時抓不定主意，我還呆站廁內幾達一分鐘之久，在臭氣裡，認真尋思答案。

最後，有決定了，我選擇眼睛朝前。

理由很簡單也很務實，一來為了保護自己，不讓壞蛋有機可乘、從後進攻；二來則是可跟蹲在對面的朋友聊天甚至喊拳猜令，寓娛樂於如廁，絲毫不浪費時間，不亦快哉。就這樣，我慢慢半脱褲子，慢慢蹲下來，進行了生平的第一次「集體如廁行為藝術」，其後，有一便有二，有二便有三，多去了幾回這樣的廁所，見怪不怪，只感詼諧。

那回旅行，時間蠻長，耗了二十多天在中國大陸，壯麗河山，蒼茫草原，小橋流水，統統見識過了，出發前倒沒想過連廁所裡的黃金沼澤亦有機會近距離參觀考察，古人說「道在便溺」，若如是，我便算是曾在道裡徘徊聞賞，至於是否得道，或得了道而不自知，屬於另一個大話題，適宜另文再論。

尤幸者，中國向前走，中國人的廁所文明也向前走，尤其在北京上海之類的大城市，公共廁所的衛生環境早已比香港有過之無不及；如廁事小，文明事大，中國的明天，僅從廁所，即可看見，明天會更好。

我在這頭，大陸在哪頭？

❖ 胡洪俠

我一直覺得「大陸」這個詞怪怪的。說話寫文章遇到這個詞，總要停頓一下，猶豫一下，彷彿行路時迎面來了個陌生人，你不由自主地會扭下頭；又彷彿酒桌上店家端上一盤自己沒點的菜，猛然間竟不知筷子該不該伸過去。

這樣的感覺一定與小時候看的黑白反特電影有關：說這個詞的人不是「特務」就是「匪軍」；說這個詞時他們不是在黑漆漆的島上，就是在月黑風高夜的船上。某個初冬雪後的傍晚，誰家父母都還沒喊我們回家吃飯的時候，在胡同裡「一定要解放台灣」的口號牆下，我們幾個閒極無聊的小玩伴曾經就此有過一場激烈的爭論：

「老説國民黨特務要反攻大陸。大陸是哪兒啊？」

「傻了吧！你沒看電影啊，大陸肯定在海邊上啊。」

「照你這麼説，咱們村不算大陸？」

「那當然。咱們村是華北平原，又不靠海，算什麼大陸。」

「那我們算不算大陸同胞？」

「什麼同胞不同胞的，我們是同志。」

我們真的覺得大陸是個危險而神祕的地方。我們生活在大陸裡邊或者大陸以西。大陸是「壞人」心中念念不忘反攻的陣地。大陸是同志們提高警惕要守住但不一定要説出來的領土。當然後來就漸漸明白了這其中的奧義，可是，這個詞的面孔，總是既模糊又陌生，像班裡新來的穿奇裝異服的插班生，怎麼看都新鮮，也彆扭。

一九八八年的秋天，「大特區」、「自由島」之類的名詞攪得年輕人熱血沸騰，我和同班同學賈躍平腦子發熱，下定決心要去闖海南。躍平大我幾歲，心細，竟然找到了在海南接應我們的人。是海南出生長大的年輕人，因他父輩是南下幹部，祖籍屬衡水，所以也算是老鄉。

這是1980年代初期的深圳火車站。那時離開大陸或回到大陸的人多在這裡出出進進。

「你們當我是老鄉，我當然要幫忙。十萬大軍過海峽啊，求職很難的。你們想要做什麼？」

「做記者。我們原都是新聞單位的，來海南還想做記者。」

「記者有什麼好做的？要掙錢啊。倒點汽車什麼的也好啊。在大陸做記者，來島上還要做記者？你們這些大陸人啊……」

「什麼？你說大陸？你說我們是大陸人？」

「你們當然是大陸人啊。要不是哪兒人？海裡的？」

「台灣人才稱我們是大陸人啊。」

「去去去，什麼台灣人，海南人早

就這麼稱呼了。」

這可是大開「耳界」的新鮮事。我這個早年不知大陸在何方的人，就這樣第一次在海南成了大陸人。那一年海南島上的大陸人真多，別說工作，連找個睡覺的地方都難。屢屢碰壁撞冷面之後，我對這個島大失所望，執意掉頭回他們所說的大陸。上船前在書攤上買了幾本書，倒也都是「島」上的人寫的：金庸的《鹿鼎記》，龍應台的《中國人，你為什麼不生氣》，柏楊的《醜陋的中國人》，還有一本余光中的詩集。船駛入瓊州海峽，望舷窗外椰林漸漸模糊，讀余光中〈鄉愁〉，反覆吟誦下面的句子，我竟然時空錯亂般地感同身受了：

鄉愁是一灣淺淺的海峽
我在這頭
大陸在那頭

真正跨過那「一灣淺淺的海峽」，登上比海南島大很多的台灣島，已是十五年之後的事。在台北，我找到了曾經傳奇的牯嶺街，發現來得真是太晚了：盛極一時的舊書街已經全然破敗，舊書攤舊書店零零落落，似風中殘燭，早不成氣候，唯有一家名為人文書舍的舊書長廊，尚可依稀傳達出幾分當年全盛時代的書香風華。正在灰塵與黴味齊飛的書架間穿梭，突然一陣熟悉的河南口音傳來。我好奇而欣喜地望過去，似在這灰暗的廊下看見一束光。說話的是一老者，也是老闆，後來知道他姓張。他見我表情有異，走過來問：「大陸來的？你哪個省的？買什麼書？隨便看隨便翻，樓上還有閣樓。我這裡大陸人來得不少哩。」那些天在台北開會聽多了大陸大陸大陸，什麼大陸客大陸妹大陸旅遊大陸出版大陸經濟，只有這河南老兵張老闆口中的大陸，讓我覺得自然，妥帖，不刺耳。

回到酒店，再翻出那本《大陸同胞往來台灣通行證》，從頭看到尾，從後看到前，突然很想給那幾個同村的幼時玩伴打個電話，告訴他們說：「當初我們全錯得亂七八糟了，我們確實也算是大陸同胞的，我們村也確實是算作大陸的。」

4

耶穌

竟然「蔣公」是耶穌信徒！

❖ 楊照

有一回，耶穌基督進入我的生活，逼我面對他，思考他。

那是我十二歲那年，小學的最後一個學期，離畢業兩個月，蔣介石去世了。全台灣陷入在一種奇特的「蔣公狂熱」中。電視上所有節目停播了，只剩下和蔣介石有關的內容。學校裡最重要的事，不再是上課交作業，而是背〈蔣公遺囑〉，練習唱〈蔣公紀念歌〉，五、六年級所有學生準備參加一場紀念「蔣公」的作文大賽。

作文大賽，每個人都要參加，不過班上會有重點參賽者，比較有機會名列前茅的人，受到老師特別關注。我是重點參賽者之一，因而獲得了一項特權，可以不用參加全校一起到國父紀念館去「瞻仰儀容」的活動。我大大鬆了一口氣，想到要去排幾小時的隊為了給一具屍體鞠躬，還是讓我心生抗拒，雖然弄不清楚到底是比較討厭排隊，還是比較討厭看屍體。

那幾天，我收集了許多報紙社論，努力閱讀。除了家中本來就有的《中國時報》、《聯合報》之外，還天天上街買《中央日報》，一邊讀一邊將自己認為可以寫進紀念作文中的句子一字一字抄寫下來。

我才知道「蔣公」是個基督徒！這讓我很迷惑，兩條線在腦中打結了。印象中「蔣公」是我們的典範，而且是一切的典範，他的精神、他的生活、他的過去、他的現在，都是我們的至高、不容懷疑的典範。同時印象中「基督徒」卻是最陌生，甚至最令人害怕的一種人。

五、六歲時，家住新生北路，巷口有一所教堂。那建築很奇怪，主持教堂的牧師，穿著很奇怪。不時教堂裡會傳出唱歌的聲音，那飄浮出來的歌聲，很奇怪。後來一度有一個外國人，星期天中午會站在教堂門口送教友出來，用我們的語言跟大家打招呼，再怪不過。而我們認識、有來往的鄰居，沒有任何人是教友。

為了方便吧，我進了教會辦的「新生幼稚園」，十二月時參加了一次聖誕彌撒。台上演著耶穌基督誕生在馬槽的故事，三個老人靠近馬槽，一個女人抱著洋娃娃走出來，突然間，巨大的管風琴音樂響起。霎時間，有一部分的幼稚園小朋友因為看到洋娃娃而大笑，卻又有幾個小女孩被聲響嚇哭了，有人笑有人哭，亂成一團。

我沒有笑也沒有哭，只是記住了這一景，回家興奮地講給媽媽聽。媽媽聽了卻沒有任何興奮的表情，她的沉默如此反常，在我心中留下了不可磨滅的印象。我一直認為，就是那一次彌撒發生的事，使得我只念了一學期幼稚園，下學期我留在家裡沒有回去上課。

「蔣公」竟然和那些教友一起的，竟然也是會去看著女人抱洋娃娃走出來的戲劇的。那麼「蔣公」就是和我們很不一樣的人了？

我百思不得其解，所以就對於報上一篇文章發生了強烈興趣。那是「蔣公」的「御用牧師」寫的，談的就是「蔣公」的基督教信仰。文章中先整理了耶穌信仰的根本精神，然後再一條一條比對「蔣公」生平所作所為。

耶穌基督的第一信條，就是承擔所有人的罪。每個人都有罪，所以在世間接受各種折磨，但是作為上帝之子的耶穌基督，出於普遍的憐憫之心，自願以人的身分降世，無罪受難，為世人代償。所以牧師主張的第一點，也就是「蔣公」如同耶穌，是中國人苦難的承擔者。

不知為什麼，無罪受難，代人受過，尤其是這麼龐大規模的代人受過，對我產生了巨大吸引力。好幾天，我心中一直想著，那是一種什麼樣的決定，放棄作為天神的身分，到人間來被誤會、被冤枉、最後被折磨而死？老實說，耶穌基督比「蔣公」更讓我好奇。

作文大賽中，我就從「蔣公」的基督信仰寫起，寫了好長一段，然後才開始讚頌「蔣公」的功業，不覺中，比賽時間快結束了，慌忙結語草草收場。幾天後，得獎的作品在大布告欄上一字排開，上面沒有我的文章。查過之後，我失望低著頭走回教室，在門口遇見了導師，導師冷冷地用閩南語說了一聲：「小小年紀，就跟人家吃什麼教！」語氣中充滿了不屑與鄙視。

傻佬正傳，在街頭

❖

馬家輝

在香港長大的孩子，在上世紀六〇年代出生的香港孩子，對於耶穌老兄的認識想必比兩岸的同齡人更深更久；這個城市畢竟曾被列入英國的殖民版圖，西風歐雨，百年未弱，而我們，衣衫盡濕。

但到底是香港人，西風歐雨透過各式各類的教會團體和教育系統把洋教傳入，此城子民於受道和親近之餘，卻又不忘把廣東人慣有的「冷幽默」反施其上，譬如說，當一個人嘮叨不絕地侃侃發言，我們會用厭惡的語氣阻止他或她，「唔該你唔好再講耶穌啦！」意謂，夠了夠了，別再講了，別再像教堂裡的神父或牧師般把耶穌降生拯救世人的偉大道理講完又講，太長氣了，老子受不了了。

在教堂裡講耶穌是正大莊嚴之事，在生活裡講耶穌則容易令人講粗口；白與黑；好與壞；正與負；香港人總有辦法對一件事情看出兩重曖昧。

另一種關乎耶穌的曖昧幽默展現於視覺形象，宗教圖像裡的耶穌老兄通常慈眉善目、聖光充滿，向前伸張雙臂雙手宣示「神愛世人」，香港人看在眼裡，認定了耶穌的愛心，卻亦鎖定了耶穌的「不修邊幅」，慣把所有頭髮蓬鬆、鬍鬚滿腮、衣衫骯髒的男子戲稱為「耶穌」，其中一位最著名的「耶穌」乃足球員 Derek Currie，來自英國蘇格蘭，七〇年代中期遠來香港加盟「流浪足球隊」，那是香港足運的黃金歲月啊，他的球技固然風靡香港人，而他的粗獷造型，長髮、長鬚、高瘦身材，同樣令球迷印象深刻至竟以「耶穌」之名加諸其身，Currie 中譯為「居里」，加上「耶穌」，便是「耶穌居里」，曾有二十年光景這個顯赫名字在香港無人不知無人不曉。

另有一位生活在香港的「耶穌」則僅是小有名氣，只在灣仔出沒，只在灣仔被街知巷聞。灣仔乃我出生和成長之地，是港島的老區舊區，我小時候的灣仔，最常在街頭遊蕩現身的三類人是：黑社會份子、酒吧女郎、神經病患者。那時候的我們當然不會這麼客氣把神經病患者稱為神經病患者，我們慣用鄙視的語氣喚他們做「傻佬」或「癲婆」，而其中，便有「耶穌」。

那年頭在灣仔的神經病患者知名度排行榜上，有所謂「灣仔三傻」。第一位是「黃婆」，是個五、六十歲的女子，戴著一個又大又厚的鮮黃色假髮，身上的衣服鞋襪和手裡提著的袋子亦是全黃，整天在路上行走逛蕩，遠看如見一個懂得走路的大檸檬，人們說她以前是艷麗之極的吧女，被來港度假的美國大兵騙財騙色，瘋了，但不知何故對黃色痴迷不捨。

第二位是「汙婆」，矮小瘦弱，頭臉皆髒，走路時自言自語和手舞足蹈，對孩子們頗具驚嚇力，而她的行走地盤正是我家大樓門前，曾有一回，我和家人在路上跟其迎頭遇上，她走近，對我們嘰嘰喳喳說了一堆天外語言，我們不懂回應，急步避開，她竟然隨手從路邊撿起一個汽水瓶從我們背後擲來，幸好沒擲中，年少的我被嚇得全身冒汗。

第三位，便是「耶穌」，造型徹頭徹尾有如周星馳電影裡的蘇乞兒，盤據於騎樓底下，從早到晚坐著、躺著、說著、笑著，滾滾紅塵於其眼前流離幻化，他冷眼旁觀，沒有打擾路人，路人也懶得搭理他，物我相忘，世界跟他何相干。然而我在「文藝荷爾蒙」勃發的青春歲月裡，曾經想像他其實是世外高人，來到此城，用神祕詭異的方式對人間發出預警，災難即至，只是眾生懵然不察。

「灣仔三傻」後來都消失了。是病了或死了，我沒法知道，也懶得知道，只不過偶爾重回灣仔閒逛尋吃，偶爾在街頭遇見一些男子女子，他們的畸零臉容會忽然閃過我的腦海。這時候我總忍不住想起張愛玲於戰後香港寫過的幾句話：

> 時代的列車轟轟地往前開。我們坐在車上，經過的也許不過是幾條熟悉的街衢，可是在漫天的火光中也自驚心動魄。就可惜我們只顧忙著在一瞥即逝的店鋪的櫥窗裡找尋我們自己的影子——我們只看見自己的臉，蒼白，渺小；我們的自私與空虛，我們恬不知恥的愚蠢——誰都像我們一樣，然而我們每人都是孤獨的。

我與你相逢不相識

❖ 胡洪俠

楊照兄提議《對照記@1963》專欄寫一回「耶穌」，我的第一反應是投票反對。海內外的教堂當然我也去過不少，《聖經》也翻過，馮象譯注的《摩西五經》和《智慧書》我也從香港搬了回來。可是，幾十年了，耶穌何曾真正進入過我的生活？我又怎能憑空打撈出和耶穌有關的記憶來？他像是別人領地裡的一座高山，我接近過，仰望過，卻未攀登過。

正要在郵件裡按「表決器」時，我突然想起了一座教堂，想起了教堂所在的村莊，村名叫十二里莊。我立刻明白「耶穌」這個題目我其實是可以寫寫的。

話說一九七九年高考放榜的那一天，我去母校查成績。忐忐忑忑地找到自己的名字，一看總分，心裡的石頭咚的一聲就落了地：果然沒考上。接下來就要考慮出路問題了。其實也不用考慮，那年月除了高考沒別的選擇，只能找個復習班，重溫功課，來年再戰。同村有一大齡女青年，連考好幾年，終於如願吃上「商品糧」。她鼓勵我的一句話我至今記得，她說：「高考就像燉牛肉，一年一年地燉，總有燉爛的時候。」我對此表示認同，可是也得找一口好鍋才行吧，哪個學校鍋好火苗又旺呢？一位老師說，你去十二里莊中學，我那裡有個認識的人，找他試試看。

十二里莊在我們村的東北，是鄰村，相距不過三里遠。很奇怪，鄰近的四、五個村子我都算熟悉，也常去，唯獨這個十二里莊，我竟從未登過誰家的門，頗覺陌生。在我的少年時空裡，十二里莊表現得相當孤獨。

我拿著老師的介紹信去了十二里莊中學。校園很大，印象深的是房子：青磚房很多，竟然也還有樓房，樣式和村裡的平房絕不一樣，很特別。聯繫復習班的事很快就結束了，因為那天是星期天，找不到要找的人，根本無從開始。校園裡空蕩蕩，唯有一碩大禮堂裡傳出嗡嗡的聲音，像是在開會。

「看見教堂沒有？」我回來後，父親問。

「沒有啊，什麼教堂？他們村有教堂？」

「十二里的人好多是信天主教的，信耶穌。」

「我以為大城市才有教堂呢。十二里莊那麼個破村子怎麼也有教堂？」

「說不清楚，早就有了，禮拜天敲鐘，咱們村都能聽見。後來成了中學，鬧文化大革命那會兒，聽說老房子給拆了不少。」

「他們村信教的人和咱們村的人有什麼不一樣？」

「他們星期天都不下地幹活，在教堂裡做禮拜。」

「怪不得有個大禮堂好像在開會呢。信教挺好，一星期還能歇一天。」

「好什麼，鬧運動的時候他們都得挨批鬥呢。前些年都偷偷地信，這兩年才又把教堂搞起來了。」

耶穌話題與高考無關，所以說過就忘了。幸運的是那年高考大中專招生用一張考卷，錄了本科錄專科，更有中專在後頭。分數線降了又降，一直降到了連我都接到了錄取通知書，去十二里莊「燉牛肉」的事也就成了沒來得及彈奏的插曲。現在想來，那是我第一次陰差陽錯地和教堂相遇，但又擦肩而過，正所謂「相逢不相識」，根本想不到要細究此事原委。後來偶然讀了點資料，讓我對十二里莊教堂的歷史大起敬畏之心，更有「驀然回首」之嘆。

原來，十二里莊和我們村一樣，原屬山東武城縣管轄。這十二里莊教堂，乃是山東省最早的天主教堂，也是晚清民國年間極重要的傳教基地。早在一六九〇年前後，因義大利方濟各會士以臨清為中心在運河兩岸傳教，十二里莊就已經成為教徒村。一八三九年，首任山東地區主教義大利人羅類思選擇此地安營紮寨，我們鄰村自此就有了「代牧區座堂」，後又有山東總修院。一九〇〇年，一支義和團隊伍曾攻打十二里莊教堂，遭教徒們以洋槍之類武裝抵抗，大敗。一九〇五年，教堂重修竣工，容納千人的西式青磚教堂及修女院、神父樓拔地而起，我們那個世居低矮平房的地區終於有了樓房。一九四九年後教堂命運多變：時而和中學並存，時而學校存而教堂亡，時而教堂興而學校遷，時而又砸又拆，時而又修又建，跌跌撞撞，與時俱變。自康熙朝到今天，十二里莊和它的教堂活生生是一部冀魯間運河邊三百餘年的鄉村心靈史。而我，曾在這部大書的三里之外生活過十六年，而對此書的傳奇一無所知。

如果那年我不是為了能吃「商品糧」上了師範，而是去了十二里莊復讀一年，我會不會因此就認識了耶穌呢？沒有誰能給出答案，包括我自己，也包括耶穌。

5
孔子

我的第一部電影劇本

❖ 楊照

大學四年級的寒假，有兩項考試要準備，一項是研究所考試，另一項是預官考試。或許就是出於對考試壓力的逃避吧，一個月的假期，我幾乎將所有時間耗在做其他兩件完全不相干，也沒有任何理由非在那個時間做的事。

我從頭到尾看完了港劇《上海灘》的錄影帶，而且是原版廣東話發音的，最後幾集我幾乎可以不靠字幕都跟得上劇情。另外，我寫完了這一輩子的第一部電影劇本《孔子傳》。

片名叫做《孔子傳》，但實際上，戲中子路和孔子幾乎一樣重要。電影第一個畫面，就是六十多歲的子路，布滿皺紋臉孔的大特寫，一個英武中帶著睥睨神色的表情。然後鏡頭拉開來，看到在他對面，兩位體型壯碩、手執斧鉞的年輕力士。三個人突然一起動起來，沙塵飛揚，隱隱約約中，很快就看出子路不可能是這兩位年輕人的對手。一會兒，子路顛躓跌出戰鬥圈外，身上湧出鮮血來。子路沒有管身上的傷口，甚至沒有看前面的對手，他放下手中武器，撿起掉落的帽子，戴上，而且慎重其事地綁好帽帶，瞬間對手衝了過來，子路視若無睹，轉頭瞪視身後……黑畫面，片名《孔子傳》由暗而明出現。

然後，孔子才出場。也是個老人，在室內不安地踱步。聽見外面有雜沓的腳步聲，慌忙出來，在庭中遇見了趕來的使者。什麼客套禮儀都沒有，焦慮地劈頭就問：「仲由，是仲由的消息嗎？」使者一拜，說：「子路，回不來了。」

孔子放聲大哭。真正的哀痛號哭。就在庭中，就在送消息的使者面前。使者驚駭，繞著老師的弟子們也都大感不安。其中一個弟子前去扶住孔子的肩頭，勸說：「老師，先進屋裡吧！」孔子甩掉他的手，像個耍賴的小孩，既悲又憤地說：「別管我！」

然後畫面淡出，記憶畫面淡入。先是那一段孔子到衛國去，被衛靈公的寵妾南子召見的往事。因為懷疑孔子好奇南子聲名在外的美色，所以才應召而去，子路對孔子發了一頓脾氣。兩人吵了好一陣，好不容易子路承認不該這樣懷疑老師，但一轉頭，他馬上又拉長了臉衝孔子：「如果不是為了去看她究竟有多美，那難道你是為了要透過南子，取得參與衛國國政的機會嗎？可以用這種不正當的手段嗎？」孔子又好氣又好笑，子路就是這樣永遠充滿正義感，到近乎不可理喻地步的人。

再一段回憶。子路在城中奔跑，上氣不接下氣。遇到人就問：「有沒有看到我的老師？」「有沒有看到仲尼？」「有沒有看到一個個子很高，額頭突出的人？」……問了好幾個，終於有一個想了想，點點頭：「剛剛在那個方向，有個人看起來好像迷路找不到家的狗一般，就是個子高高、額頭突出的。」子路立即謝過，趕忙朝那個人指引的方向去，跑了幾步，卻忍不住笑得停了下來，「哈哈哈，原來老師像一條迷路找不到家的狗……哈哈哈……」

在子路豪邁誇張的笑聲中，鏡頭往上攀，變成俯視的遠景，就在街角我們看到東張西望的孔子，鏡頭再拉高，有一波煙塵危危然飄過來，遠方是廝殺中的戰場，火焰揚起……

劇本只花了兩個星期就寫出來，稿紙厚厚一疊。寫完的當下，在書房中起身，真覺得自己做了一件了不起的事。我並沒有不切實際的夢想，認為這樣一部劇本會化成大銀幕上的電影，給我帶來什麼樣的名和利。寫到一半時，我就注意到這劇本的致命缺點——沒有女主角、沒有戀愛故事，卻有好多雄偉的大場面，哪有人會願意出大錢拍這種電影！我不是沒有考慮過，要不要加寫一段可歌可泣的愛情，但很快就放棄這個念頭了。年輕氣盛的情緒裡，我拒絕讓女主角和戀愛故事模糊了這部劇本的焦點。

焦點是：孔子非但不是個無趣保守、一天到晚定規矩的人，他還是個豪邁自在，開朗豁達而且具備幽默感的人。不然他身邊不會聚集那麼多不同個性的學生，心甘情願跟著他流浪吃苦。我的成就感，來自於認真地幫長久以來被誤會、被冤枉的孔子，出了一口氣。

多年之後，從抽屜裡翻出《孔子傳》的劇本，我私心覺得寫得還真不錯，比我最喜歡的演員，《上海灘》的主角，周潤發演的那部《孔子》，似乎都還要好上一些呢！

我和孔子的私密時光

❖ 馬家輝

曾有好長好長的一段時間，整整長達十一年，在正常課業的尋常日子裡，我必須在一條叫做「東院道」的路上穿梭走動，上課，午息，吃飯，再上課，然後放學回家；上課時日光明亮，下課後，經常尚要留在學校玩樂或補習一會兒，步行返歸時已是天色暗淡。那條路是我的小學和中學所在，也正是在這條路的轉角處，我生平首回知道孔仲尼先生到底長個什麼模樣。

如果你能夠登上谷歌或百度網站找尋香港衛星街景，應會明白東院道饒富趣意。

它就在銅鑼灣和跑馬地旁邊，擁有港島鬧市罕見的清幽綠地，經常舉行演唱會和足球比賽的「香港大球場」在那裡，「印度遊樂會」在那裡，「掃桿埔運動場」在那裡，「南華會體育館」也在那裡，愛好體育活動的善男子善女子在此跑進跑出，揮灑汗水活力。可是，路上有一所東華醫院，醫院旁有一座殮房，陰氣森森，跟運動喧譁恰成對比，東院道之名亦由醫院而來，背後蘊含著慈悲精神。

我的學校就在東華醫院和殮房旁邊，小學部叫做「佛教黃焯庵」，中學部名為「佛教黃鳳翔」，皆為佛教團體所辦，學生必須修讀佛經佛學，耳濡目染久了，我乃皈依，法號「智輝居士」，朋友們經常嘲笑我為「自廢居士」或「智廢居士」，口不擇言，有辱佛體，善哉善哉。關於我的讀書經驗，可有大談特談之處，容後另闢題目細說從頭，這裡想談的只是其他學校。

東院道是學校集中地，在吾校旁，有一所嘉道理學校，大部分學生為印度和南亞族裔移民後代，每回到了午飯時間，校園內外飄散著濃烈的咖哩味道，對年輕的我來說，味道難嗅，行經門前，我必掩鼻疾走。而由這學校往銅鑼灣方向走去，有加拿大國際學校，有聖公會聖馬利亞堂學校，有何東學校，有聖保祿學校……洋人的華人的，外來的本土的，基督的天主的，都在了，短短的一條道路已經具體而微地展露了香港城市的混種性格。

這麼人氣旺盛的一條熱鬧道路，當然少不了咱們孔子的份兒。

是的，在東院道的另一頭，由我學校朝著跑馬地方向前進，走到盡頭，在東院道和加道連山道的交界處，可以看見一所叫做「孔聖堂」的學校，由民間孔教團體所辦，校舍不大，跟占地空廣的「香港大球場」為鄰，更顯委屈，學校門前供放著一尊兩米高的孔子塑像，我不知道石像主人若有感知，抬頭仰望低矮壓眉的天花板，縱目遠眺綠意盈然的大球場，會否悲嘆一聲：「吾不欲觀之矣！」我只知道，這尊長鬚垂眉的塑像開啟了我和同學們對仲尼先生的視覺認識和創意聯想。我們經常行經該校門前，忍不住要耍嘴皮子，亂開兒戲玩笑，暗道，哦，原來書本裡偶爾提到的「萬世師表」長相如此，頭髮長長，束著小辮子，竟然跟我們一般新潮摩登；手肘臂彎還挾著一把長劍呢，會不會跟我校內某些野蠻同學一樣，喜好打架鬧事，甚至是個黑社會份子；到了夜深人靜，搞不好這尊石像會否復活過來，跟其他學校所供放的佛陀像、耶穌像、聖母像一起走到球場中央，圍聚歡愉，載歌載舞，交流激辯……年少的我和友伴在調侃裡尋得無聊樂趣，背著沉重的書包走在路上，青春放肆的笑聲有如一道圍牆，暫時把我們跟煩人的課業分隔開來，我們對《論語》的世界一無所知，但在玩笑嬉哈的瞬間，我們跟孔子產生了微妙的親近溝通，he is my brother，我們宛若朋友同儕，甚至有一位同學暱稱仲尼先生為「Johnny」，許多年後我在余光中的書裡看見相同的幽默，心裡驚道，哎呀，這是老笑話了，我於十五歲以前已經聽過了。

那年頭我的死黨們倚仗著青春荷爾蒙的勢力可真肆無忌憚。除了替孔子取了洋名Johnny，更有人搞來了一個夾帶著廣東髒話的歇後語，這裡當然不宜把髒話原汁原味寫出來了，只能簡化為漢語「淨本」，但也同樣詼諧。

話說某回行經孔聖堂學校門前，遠遠瞧見一位長相頗不討好的女生，吾友忽然皺起眉頭、狠狠地拋出一句：「這位小妮子，真像孔子內褲！」

摸不著頭腦，問，什麼意思？

他聳肩笑道，孔子用過的布，就是「孔布」（恐怖）呀！

笑得我，那個無所避諱無所禁忌的明媚下午。

孔子的模樣

❖ 胡洪俠

我知道世上有孔子其人的時候，人們並不叫他孔子，都叫他孔老二。

時值一九七五年，到處在批林批孔，小學生也得參加。我們幾個五年級的同學，湊在一起發愁：村子裡的「地、富、反、壞、右」，咱都認識，反正不是誰的「大爺」，就是誰的「二叔」，要批也容易。可是，這林彪和孔老二都不是咱村的，怎麼個批法？

老師說：「你們看看這牆上的宣傳畫，看看林彪和孔老二的模樣，就認識了，然後就批。」

畫中的林彪我們還熟悉，認識孔老二就有些麻煩，因為每幅畫中的形象都不太一樣：有圓睜三角眼凶光畢露的，有瘦骨嶙峋張牙舞爪的，有翹著山羊鬍詭計多端的，又有縮成一團抱頭鼠竄的。這麼一個面貌奇醜、行事猥瑣的老頭，竟然和林彪有關係，此事最讓我們不解。我們問老師：

「一個姓孔，一個姓林，年齡差了兩千多歲，那林彪怎麼就是孔老二的孝子賢孫呢？」

「毛主席說是，那就是。」老師答。

「說孔老二四體不勤，五穀不分，連麥苗和韭菜都分不清，這是真的？」

「報紙上這麼說，還能有假？」

「他有幾千學生啊，比老師你的學生多多了。」

「別胡說八道。沒聽廣播裡說嗎，他克己復禮，周遊列國，到處碰壁，如過街老鼠，人人喊打，最後帶著花崗岩腦袋見上帝去了。」

經老師一番開導，我們就學會了批林批孔。就那麼幾句話，翻來覆去說說就行了。意外的收穫，是小夥伴吵嘴罵架時增加了活生生的新鮮句式。這個罵：「你爹是花崗岩腦袋，你爹是孔老二。」那個回：「我爹是孔老二？那你爹就是孔老二的孝子賢孫。」

眼看著批林批孔這場「人民戰爭」愈來愈如火如荼了，我們的新任務也來了。村小學校長把我們幾個叫到辦公室，說：「六一兒童節快到了，公社要分片區組織小學生批林批孔文藝會演，你們得排練幾個節目。」我們站在那裡傻笑了一會兒，才有一個膽子大點的同學嘀嘀咕咕說：「嘿嘿，我們哪會演節目啊。」校長眼睛一瞪：「偷瓜打架你們都會，正事兒就不會了？」他拿起一本小冊子：「節目這書上都有。分分工。你，唱歌。歌詞人家都寫好了，聽著：叛徒林彪、孔老二，都是壞東西。嘴上講仁義，肚裡藏詭計。鼓吹克己復禮，一心想復辟。紅小兵齊上陣，口誅筆伐狠狠批。最後再來一聲『嗨』，就行了。你們幾個，抄傢伙，敲鑼打鼓，說『三句半』。還有你，」他指著我說，「學山東快書〈柳下跖痛罵孔老二〉。才二百多行，不長，趕快背。」

都說小時死記硬背的東西一輩子忘不了，我大概屬於難得的例外。我當初果然就把〈柳下跖痛罵孔老二〉背了下來，還手晃銅板膽戰心驚地登台表演了一番。可是今天回想起來，只有彷彿從遠處傳來的「噹裡個噹」的銅板聲還算真切，而快書的唱

2011年4月，我在孔林所見。石柱上文革時寫下的「孔老二」三字，至今仍清晰可辨。

詞，卻一句也不記得，真奇哉怪也。

與孔子有關的另一幕，倒是至今難忘。一九七六年春節一過，我們就開始上初一了。那時的語文課本實在沒什麼趣味，而課外書又找無可找，借無可借。突然想起家中做庫房的屋子裡，有大哥收藏的一落書。書放在一塊木板上，木板架在兩根木棍上，木棍高高地楔進土牆中。趁家中無人，我潛入屋中，做賊般地將書取下，一本本亂翻。不過是些上世紀五、六十年代的中學課本，但即使如此，也讓我大感新奇，彷佛黑黑黃黃的紙頁間藏著和我們學校不一樣的天地。我抽出一本帶插圖的《中國歷史》，鬼使神差般的，一翻就翻到了孔子的像。我一下子緊張起來：天，這書真反動，竟然有孔老二的像！而且這個孔老二，穿著層層疊疊飄飄欲仙的長袍，袖口寬得可以裝進一個人；笑容可掬的樣子，兩手握在胸前的樣子，大眼大臉敦敦實實的樣子……哪裡有一點批林批孔宣傳畫中的樣子？一點也不猙獰，一點也不醜惡，一點也不慌亂，一點也不三角眼山羊鬍啊。我大哥上的這是什麼反動學校啊。我闔上書又翻開，翻開又闔上，孔子像在我眼前晃來晃去，一種偷看禁書的興奮與罪感在昏暗的屋子裡彌漫開來。

後來，批林批孔漸漸沒人提了；再後來，批孔又成了反動的事，讀《論語》成了必須做的事，電視上講孔子成了時髦的事，祭孔成了光彩的事；再後來的後來，就到了今天，國家博物館北門廣場豎起了九米高的孔子雕像。有機會我還真想去看看這雕像，看看今天的孔子又長成什麼樣子了。

6 火車

幻夢的夜班車

楊照

在高雄鳳山服兵役的第二年，是我生命中和火車關係最密切的一年。

通常搭的是星期天晚上十點五十八分從台北發出的復興號，七個小時之後到達高雄火車站。當時速度最快的自強號只需要四小時就能到達高雄，另外有走高速公路的國光號客車，四個半小時會到達。不過對我而言，自強號和國光號最大的缺點，就在於速度太快了。不是因為我的時間很多，正是因為假期很短很寶貴，所以不能搭那麼快的班車。

假期寶貴，要充分利用，最好的方式是利用南北車程睡覺，這樣清醒的時間就都可以拿來陪伴女朋友，做自己喜歡的事了。我原來搭國光號，如果坐晚上十點的車，凌晨兩點半到高雄，必須睡眼惺忪換車進營門，好不容易捱過最睏的情況，回到營區的軍官宿舍剛好醒透，得花好一番功夫才能重新入睡，睡一下，起床號就響了。

換一個方法，讓自己大約清晨六點半到高雄，唉，情況也沒好到哪裡。我得深夜一點鐘左右出門叫計程車前往台北車站，才能坐上兩點鐘出發的車。那麼一點之前，是睡還是不睡呢？睡或不睡，反正都注定不可能養足精神應付星期一步兵學校繁重的活動。

從班隊改調到戰術組之後，在其他軍官的指點下，改搭這班明確是為了讓夜行長途旅客休息的火車。九點半，我收拾好背包，走十分鐘的路程，到女朋友住家旁的公車站牌，一會兒，她出來了，帶著依依不捨的表情，輕輕拉著我的手，陪我等公車。不管公車早來還是晚來，我們通常都重複講著最無意義又最有意義的話。「下星期也要回來，知道嗎？」「自己要乖乖的。」「要記得想我喔。」「要小心。」「脾氣別太衝動。」「好好準備考試。」……

上了公車，向車外愈來愈小的身影揮手告別，不知為什麼，忍不住就會開始想未來。先是想退伍的話會怎樣。從這樣一個明確的時點，向許多不確定的時點衍伸，出現了許多分不清時間序列的想像畫面。看到自己和女朋友共同生活。看到自己埋頭在書桌上苦寫，旁邊是厚厚一疊又一疊的卡片。看到自己在圖書館一排排的書架上找書。看到自己站在講台上，對著台下表情迷惘茫然的學生，講述建構一個新的歷史研究學派的夢想。看到自己興奮地捧著一本我寫的新書，手忍不住微微顫抖。

雖然明知那是關於未來的想像，但我總只能按照現實的延伸，以現實為範本來想像。那時候不會知道，未來不會總是按照既有的現實往下走的，喚作「未來」這回事最珍貴也麻煩的本質，就是它會轉彎，而且總是在你沒有預期的地方突然轉彎。你應該被那轉彎的離心力弄得尖聲驚叫，可是你叫不出來，畢竟誰有權利被自己的生命嚇到呢？

那時候什麼都不知道。只知道背著提袋下了公車，隨著一大群人走進火車閘口，到了月台。台北其他地方都逐漸靜了，只有火車站，停靠二十二點五十八分班車的月台上，依舊熙熙攘攘的。

找到車票上標示的座位，坐下來，不顧外表多麼可笑，從袋中拿出毛巾綁在眼睛上，以便遮住將會晃亮一整晚的車頂白光。車子開動了，腳下傳來咣咣噹噹鐵輪滑過鐵軌的聲響，而鄰座往往還有人在聊天，很快地意識進入了非醒非睡的境地，而且會在那個模糊曖昧的領域停留很久，覺得自己不斷沉下去，卻總沉不到睡夢的深度，被眼皮上的白光拉著，被底下及周圍的其他聲音托著，浮著泅游著，於是看到了一些奇特的景象，完全不真實，不真實到不像夢不是夢，而且因其不真實，而比真實、甚至夢中會看到的，更迷離更奇幻，沒有固定形體沒有固定顏色，卻傳進腦裡明確的感官信號。

接下來，進入另一層狀況，發現自己努力在尋找文字來描述、記錄這樣的迷離奇幻卻又明確的感受；發現自己焦急掙扎著，彷彿如果找不到那樣的文字，會是無法承擔的徹底挫折，如此害怕著。一會兒，害怕突然消失了，在一種奇異安心的情況下，理解到原來是睡著了，而意識到睡著的瞬間，也就醒來了。拿下遮眼的毛巾，看見外面現實的車站，大大的牌子，白底藍字寫著「斗六」，車程已經行過大半，離終點高雄車站，大概只剩兩小時的時間。

在英國火車站門前想見香港

❖ 馬家輝

我在什麼時候最懷念香港的火車？

那一年，在倫敦，Kings Cross。

那一年是十年前，我帶著小女孩和她的母親到倫敦，搭火車北上蘇格蘭愛丁堡藝術節，在 Kings Cross 轉車，那時候的車站仍未重新裝潢，仍是維多利亞式的優雅古典，站在車站門外廣場，抬頭仰望鐘樓，恍惚之間只覺這並非異鄉而是故地，是上世紀六十年代的香港，是我小時候所熟悉的香港，是我小時候所曾去過的香港尖沙咀火車站；那個消失於七十年代的維多利亞建築風格的火車站，那個如今只剩下門外鐘樓、只存在於我記憶深處的火車站。

尖沙咀火車站的壽命不長，初型落成於一九一三年，全面使用於一九一六年，無情拆毀於一九七五年，當一塊塊的紅磚被推倒被擊破被敲碎，人們親眼目睹，一段關乎香港身分的歷史故事被揚棄被塗抹被刪除；再見了，香港的維多利亞。

英國人早於十九世紀末便找滿清政府商議用火車把九龍和廣州連結起來，讓人流貨流互通有無。滿清政府同意了，鐵路分為中英兩段，由英國人和中國人各司其責，中國廣州這邊，總規劃師是第一代「海歸派」詹天佑，動工時，中國仍有皇帝，中國男人仍然留著辮子，完工後，已是一九一一年的十月底，中國已經革命，中國男人已經有了蓄髮自由；英國香港這邊，一九一〇年十月初完成工程，耗資一百三十萬英鎊，火車總站設於尖沙咀，啟用儀式本來說好由港督盧押和兩廣總督袁樹勳主持，但清朝這家老店倒閉在即，誰還有心情前來湊熱鬧，結果只派了一位小官現身出席，盧押爵士當然也迴避了，改派副官代表，或正預示了中英溝通的百年挫敗。

尖沙咀的火車總站是上世紀七十年代以前最重要的香港地標，從港島望去九龍半島，橘紅色的歐風建築矗立海邊，鐘樓插天，鐵路鋪地，一列列墨綠色的車廂朝北進出，宛如跳躍的心臟在替這個城市以至整個中國輸血打氣。兒時從這裡搭車到新界旅行，我被母親牽著手，和姐姐，在昏暗嘈雜的車站內四處張望，又高又寬又圓的屋頂深處，竟有雀鳥飛翔，還有窩巢糾結於橫樑角落，那裡，彷彿隱藏著另一個神祕世界。車站內外到處是攤販，蒸粟米，炒栗子，雞腳豬腸鵝掌墨魚，嶺南雜食喚得出名字的幾乎都找得到，還有喊賣五花茶和竹蔗水的老婆婆，乘客付錢後或在歐式樑柱下站著吃喝，或把食物帶到車上備用享受，清楚折射了中國人慣有的腸胃焦慮，也構成了一幅略帶喜感的殖民地眾生相；這裡，紅塵滾滾讓人捨不得離開，彷彿一旦坐上火車，啟行了，北上了，便是陽關之外無故人。

而那年頭搭火車於我其實亦是一樁恐怖事件。火車往北開往新界，必須穿越三、四條隧道，廣東話叫做「火車過山窿」，隧道極暗，有長有短，短者二十秒走完，長者需時一、兩分鐘之久，對孩子來說，幾乎等於永恆，我常擔心當火車走出隧道重見光明，身邊的親人都失蹤了，剩我孤零零一人，被賣到遙遠的地方。

搭火車的另一則恐怖感覺源自於那道沉甸甸的車窗，那年頭，窗戶可以往上推，只靠左右兩個小鐵扣拴住，有一回我把頭伸出窗外吹風觀景，父親在旁被嚇得驚叫，急忙阻止，兒啊，千祈唔好啊（千萬不可以啊），以前曾有車窗突然往下掉，像斷頭台一樣把一個小孩子的頭顱斬下，難道你也想變成無頭鬼？

聽後，膽小的我渾身冒汗，晚上回家還真夢見厲鬼橫飛。

多年以來我一直懷疑「車窗墜下，斬斷頭顱」之說只屬父親瞎編，從無此事，然而懶得查證，反倒是自己當了父親之後，每回帶著女兒在歐洲旅行搭乘舊式火車，為免她像當年的我一樣把腦袋伸出窗外，我便像當年的父親一樣對她施以恫嚇，囑咐她小心腦袋被齊頸斬斷。日後如果女兒當了母親，說不定亦把這番恐嚇言詞流傳下去，流傳久了，便成「家族傳統」。

香港火車的車廂設計早就改良了，車窗沒法開啟，尖沙咀的火車總站亦早於七十年代被港英政府以「社會發展」之名拆掉了，只留下鐘樓聊為見證，當時曾有香港士紳專程前往倫敦向英女皇請願，要求保留火車站，但殖民地主子對於殖民地建築向來寡情，NO！嚴詞拒絕，賺錢至上，懶理一切煙消雲散。我也有很長一段日子忘記了火車總站的存在，直至到了英國 Kings Cross 火車站門前，錯把異鄉當故鄉，所有記憶煙雲於瞬間攏聚，想起那年那月，想起我的母親父親。

從此生活有了遠方

❖

胡洪俠

十六歲以前，我沒見過真正的火車，當然，見都沒見過，就不用說坐了。

村裡人的日常語彙中很少出現「火車」。偶爾提起一、兩次，就說明有人要出遠門了，或者有誰家的親戚回家過年了，但那跟我有什麼關係呢？我會想一些關於自行車的事，也夢想著能多坐幾次紅車身白車頂的公共汽車，但從不會想到坐火車。看電影看報紙得來的印象是，火車總是冒著白煙嗚著汽笛從很遠很遠的地方開過來，又轟隆隆咣噹噹開往很遠很遠的地方。而我的生活，十六歲以前的生活，沒有遠方。按我們村裡的演算法，我家離中學五里地，姥姥家七里，小姑家三里，大姑家十五里。在這樣的一個生活圈內，所有的目標，所有的方向，步行皆可抵達。如有自行車，那就已經風馳電掣了，火車？用不著。

一九七九年九月的一天，火車終於提上了我們家的議事日程。我要到離家二百多里遠的小城去上師範了。二百多里地，得有多遠？我想像不出來，不過我也清楚，步行肯定解決不了問題。那坐什麼車去呢？有兩個選擇，一是坐公共汽車，自軍屯出發，坐到縣城鄭家口，然後再換乘公共汽車到衡水。二是坐公共汽車到德州，轉乘石德線火車在衡水站下車。

晚飯後的時光，總是過得很慢。收拾了碗筷，一家人，父親母親，大哥二哥，大嫂二嫂，姐姐妹妹，開始隨著母親挑起的話頭和父親言談的節奏聊天，幾乎天天如此，內容也都差不多，似冗長的黑白連續劇。但是，這一天的話題，坐汽車還是坐火車的話題，對我們家而言，是前所未有的，也可以說是非常意外的。家裡人從沒有指望我的高考能有個什麼結果，等錄取通知書真的來了，他們當然高興，但又覺得不大相信，不太適應，好像二百里外的學校出了什麼差錯似的。既然話題嶄新，討論的事就以父親和大哥二哥為主了，好一會兒都沒徵求我的意見，似乎要坐車的是他們，而

我第一次坐長途火車，是陪母親去東北的阜新和瀋陽。是1982或1983年吧，那是母親第一次出那麼遠的門，我也是。

不是我。當然，他們都是有資格討論這一重大問題的，因為他們都出過遠門坐過火車：父親年輕時闖過關東；大哥作為業餘歌詞作者去省城開過修改國歌的會，參觀過山西的大寨；二哥去過太原，好像也去過江蘇。他們在那裡慢慢聊，破題不久就跑了題，轉到了他們熟悉的軌道上去。好不容易，父親覺得這事應該問問我，於是力挽狂瀾，問：「願坐火車還是汽車？」

其實，坐什麼車我都願意，汽車火車都讓我很興奮。但是，畢竟是很遠很遠的地方啊，出遠門該坐火車才是。

「火車。」我說。

「汽車也行，」父親說，「票便宜點。」

「其實也貴不了多少。」二哥說。

「從德州到衡水，繞遠了。」大哥說。

「還是想坐火車。」我說，「我沒坐過。」

「火車那麼快，你不暈啊。再說，那麼多人，別擠丟了。」母親說。

「丟是丟不了，」二哥說，「我去送。」

通往德州的公共汽車是早班車，六點半發車。出門的那天，一家人都起得很早。吃沒吃餃子我忘了，按理說是應該吃的，但也可能沒吃：那時候，吃頓餃子不是件容易的事，逢年過節才輪得上。老家有句俗話，「起身餃子落身麵」，意思是出門要吃餃子，這樣就可以早日回家，早點團圓；回家後要吃麵條，因麵條似根似線，人回來了，就牽住你，扎下根，不再出門奔波。如此說來，在我們的鄉土世界裡，出門是件迫不得已的苦差事。

我要去上學。我不覺得苦。我只覺得興奮。但也有些心慌，不知出了我的「生活圈」外，在另一個世界會遇上些什麼人，什麼事。二哥說要帶上茶缸，火車上喝水用；還說火車跑得再快，茶缸裡的水也不會灑出來。我對此將信將疑。母親說，小心別把包裡的雞蛋擠碎了，到了火車上一定要想著吃。我一邊答應一邊覺得母親真是捨得啊，竟然專門為我煮了好幾個雞蛋，還能說出「窮家富路」的話來。要知道我只有感冒的時候才會享受煮雞蛋待遇，可見出門不容易，和生病差不多。父親一個早上沒說幾句話，端坐在他天天坐著的官帽椅裡，抽著菸，默默地看著我們打點行裝，忙東忙西。

要走了，父親母親送我到胡同口，還要往前送。我說：「你們回去吧，過年的時候我就回來了。」父親說：「走吧走吧。想著寫信回來。」停下了。母親獨自繼續往前走。自行車走出老遠了，我回頭，見母親還在往前走。我知道從此真的是出遠門了：母親送你有多遠，你前面的路就有多遠。

7

飛機

沒有花環，也沒有哭哭啼啼 ❖ 楊照

還好沒有花環，還好也沒有哭哭啼啼，冷靜地度過從辦完櫃檯手續，到通關登機之間的等候。

那不是我第一次搭飛機，那也不是我第一次長期離家，不過畢竟是我第一次離開台灣，一九八七年八月，要去美國念研究所，畢竟那是我第一次在不曉得回程時間情況下，離家遠走。

那是一個曖昧、過渡的年代，舊的習慣成規逐漸淡出了，然而新的預期卻尚未來

三十多年前的松山機場，照片裡兩個很小的人影是三姐和我。

到，一切就都帶著有點尷尬的氣氛。早幾年，出國離鄉是大事，大得不得了的事。拿到美國大學的入學許可，意味著可以逃離台灣，一方面是逃離那令年輕人窒息的威權管制，另一方面是逃離那始終籠罩在年長者心頭的大陸攻台陰影。沒有人會期待去美國只是念個學位，然後就回到台灣。逃出去，逃到美國去，要相見也是在美國，或世界任何其他地方，但就不會是台灣了。老的、少的，心中都有同樣的預期。

直到重逢的那一日，卻不知是否重逢有時，甚至還沒有開放觀光，一張美國來回機票要花掉上班族三個月薪水，能去嗎？怎麼去？所以淚灑機場，老的少的哭成一團是每天都要上演好幾次的畫面。

至於花環則牽涉到社會上對於美國的瑰麗想像。正因為大部分的人沒有去過美國，所以可以將各種最美好的想像投射在美國那片土地上。一個青年得付出多少努力，通過多少考驗，才去得了美國。考初中、考高中、考大學、考託福、考GRE、申請學校、爭取獎學金、籌措所需的財力證明，一關一關過，才終於拿到簽證、買好機票，到達離別的機場。

那是了不起的成就，那更是件光耀門楣的事，值得用頸上一個個花環誇張標顯出來。看啊，這個人，這個要去美國留學了的人！那些花環如此對著周遭的人無聲叫喊著。

一九八七年，機場上偶爾還有花環，更常有眼淚。但不是我。就在我上飛機之前半個月，台灣解除了長達三十年的戒嚴令，整個社會騷動討論著什麼時候會進而解除報禁，又什麼時候可能解除兩岸之間的徹底隔絕？許多大學時代的同輩朋友們，投身參加校園的學生運動，勇敢撞擊國民黨對於校園的嚴格管制。還有方興未艾的街頭群眾集會，正在各個角落隱隱然醞釀著。

我知道我不可能放棄別人眼中如此值得羨慕的哈佛大學入學許可及獎學金，無論如何不能這樣對待一路寬容我的父母。但同時我又明白知道這趟旅程將使我錯失什麼。我是學歷史的，學歷史的過程中，最重要的訓練就是討論、辨識重要、關鍵的歷史事件。歷史在這裡轉彎了，歷史在這裡進入下一個不同的時期。

台灣歷史將要發生的大轉彎，就在我眼前。什麼事都可能發生。參與其中被浪濤捲來捲去，或許有機會左右浪濤的，是我認識的朋友們。但我卻要在這個節骨眼離開，注定錯失參與、見證歷史的機會，站到太平洋的另一岸，做一個旁觀者，如同面對所有我讀到的歷史事件一般。

我不甘心這樣離開，還沒離開，我已經在計劃著回來，因此我不會有離愁，我更不會有光榮走上生命下一個階段的感受。這樣的心情，感染了送行的家人吧，我深深相信，我們很快就會再見的，那種不願離開他們的態度，甚至強過要去服役當兵時。

飛機起飛了，台灣在窗外，在我腳下，接著在我身後，我想的不是自己離家遠去的事實，而是讀過的「留學生文學」作品中的種種片段。那種生命有計劃地斷裂，斷裂真正發生了帶來的悚然茫然感受，一時弄不清楚該要如何連結起飛之前與起飛之後生命的失落。

飛機不斷升高，升到雲層之上，本來被雲層遮掩的太陽完整照耀著，空中小姐開始在艙房中忙碌準備餐車，我心中暗暗下了決心：不管在美國發生什麼事，我都要回來，我不要那種斷裂的生命，台灣才是我宿命的、不改不能改的家鄉。

飛機，和我的第一次

❖ 馬家輝

哎呀我是多麼懷念啟德機場啊那個位於香港九龍市區的國際機場。建成於一九二五年，退役於一九九八年。建成時是英國的香港，退役時是中國的香港。而在停用當天，七月五日晚上十一時三十八分，最後一班降落於此的航機是由重慶江北飛來的KA841；二十四分鐘後，最後一班由此起飛的航機是前往倫敦的CX251。一來一往，中現英去，既是外交面子上的巧妙安排，亦暗含可供聯想的文化隱喻，具體地，向世人展示了香港的新命運。

之後，再過一個多小時，華人政務司司長陳方安生和英裔民航處處長 Richard Siegel 主持告別儀式，在一句「Goodbye Kai-Tak , and thank you ! 」的道別下，按鍵關燈，啟德機場頓然陷入漆黑，觀禮者無不沉默，倒吸一口炎夏寒氣，大家心知肚明，從這一刻起，全球最具震撼力的機場市景已如煙花幻化般消散無形。在啟德機場搭機起落過的人想必難忘那片景觀。不管是向上攀升抑或朝下垂降，坐於機內，望向窗外，低頭俯瞰，皆可看見高樓矮廈如山岩般往你眼睛尖銳地刺來。在白天，樓房大廈的主色調是灰濛黑白，像火山爆發後的凝固熔漿，硬繃繃地躺在那裡，窮凶極惡，記錄著剛剛發生的一場暴劫。而在樓房馬路上走動開動的人頭和汽車，則像在突兀岩脈之間爬行的各類蛇鼠蟲蟻，如斯微弱，如斯無助，如斯自以為有方向卻又其實不知何去何從。你看著他們，想到，原來自己就是他們，何等悲涼。

如果換是黑夜，眼下的高樓大廈全部變成爆發中的火山口，紅橙黃綠青藍紫的霓虹燈積極奮進地往上怒衝，熱烘烘的，彷彿隔著機艙你仍能夠感受到它們的強度溫度；而人和車呢；則比白天又更謙卑十倍，都成了小小的影子，在危機四伏的翻滾燙熱的火堆裡掙扎求生。但當然，你可以樂觀些，譬如說，把高高低低的明亮燈光想像成傳說中的海盜寶藏，鑽石、珍珠、水晶，奇珍異寶都在這裡了，路人和汽車是海盜船隊裡的成員，進進出出，在堆積如山的財帛裡縱酒狂歡。

啟德機場能有這樣的魅力只因位於市區。這是一片原名叫做「啟德濱」的長窄填海地，位於九龍半島之東，由「啟德企業」於上世紀二十年代所建，本來打算發展高檔房地產，名字來自兩位老闆何啟和區德，但諷刺的是，建成之時，企業倒閉，政府接手了，將之改用做機場。機場旁邊就是九龍城，一個曾經有著清朝城寨的老區，周圍亦有不少新樓房，是熱鬧滾滾的欲望紅塵，人口密度甚高，每天有無數班飛機在這個區域的頭頂起起落落，距離之近，足讓路人抬頭對飛機底部的圓滾肚皮一覽無遺；噪音之巨，足讓人於數十秒內沒法說話或聆聽，轟轟轟，隆隆隆，轟轟轟轟轟，隆隆隆隆，在區內行走的人和車從早到晚感受到飛機震動，居住生活於此的人更每天必須經歷無數次「地震」，必須說，這是痛苦的，但也必須說，正是人們的痛苦經驗造就了震撼的高空市景。上與下，飛與行，天堂與地獄。

生平首回搭飛機，在一九八〇年七月，起航地正是啟德機場，回程亦於啟德機場下降，去時白天，回來夜晚，來去皆被如斯貼近的市容景觀震懾住，當時沒拍照，但坐在座位上的少年的我，肯定眼睛和嘴巴都張得大大，不敢置信，卻不能不置信，龐大的飛機在鬧市內離開與回來，彷彿本來就跟城市合而為一，城市是土地，飛機是樹，忽然像火箭般從地裡連根拔起往上衝，忽然又把樹根塞回地底，若無其事，什麼都沒發生。由於機場在市內，抵達後，搭車回家只需半小時，不像於一九九八年七月後使用的赤鱲角機場，因在大嶼山，一趟車程需時九十分鐘，歸心似箭，難受得很。

那年首回搭機是去菲律賓。我家有個小傳統，誰讀完中學五年級，誰便可以去旅行，但因財政考慮，父母姐妹皆不同行，只我一人出發，參加旅行團，那年頭的香港人最流行去菲律賓，七天六夜，大約一千兩百元港幣，回家時每個人帶著一大堆椰子糖、木匙木叉等紀念品。十七歲的我於此行開了眼界，體驗了好多第一次，第一次見識了香港的高空市容，第一次見識了傳說中的美麗的空中小姐，第一次見識了在雲端遨遊的好滋味，而到了菲律賓，也見識了其他本沒打算見識的人和事，在回到香港的時候，啟德機場仍在，我卻已經由男孩變成了男人。

飛機在夢想之外

❖ 胡洪俠

飛機飛得太快，快得非同尋常。所以，在常理範圍內，飛機上你只能開始、延續或結束一個故事，卻來不及有始有終完成一個故事；即使是劫機，好吧，算你劫機成功了，那也只是故事的開始，而落地以後的麻煩正多。如此說來，飛機上的旅程正彷彿稿紙上的另起一行，或者鍵盤上的輕點 Enter 鍵，故事仍在繼續，但是你要換一行接著寫或接著敲。無論多近多遠的航程，艙內的時光不過是你人生篇章中的破折號，這「——」的前前後後，都還有密密麻麻的文字與標點。

那麼，我又該如何啟動我的與飛機有關的回憶？我找不到一個故事可以讓飛機在固定的「回憶航線」上飛完全程；換句話說，一旦飛入回憶，飛機難免就幻化成了與地面失去聯繫的墜落，回憶的困難立刻成了回憶的「空難」，無法避免。

說說小時候的事？可是小時候的事和坐飛機八竿子打不著，況且，真要能「打」著，那起碼也需要八千米高的竿子。噢對了，紙飛機。紙飛機難道不是飛機？那可是小時候玩伴們最熱中的遊戲。常常是在教室，往往在下課後上課前，紙飛機飄飄悠悠從各個角落飛向各個角落。後排的男生，心中的機場大都是前排女孩們的頭髮或課桌，但是一個個胡亂起飛的航班鮮有準確降落的時候。萬一竟然成功降落，後排即爆出一片哄笑。這時，會有一個女孩迅速回頭，臉紅紅的，白眼睛一翻，罵道：「誰這麼缺德？」然後頭又迅速閃回去，而且低下去。

現在想來，這也是件奇怪的事：我們這些當時從未坐過飛機，甚至想都沒想過坐飛機的孩子，怎麼會那麼熱中於折疊各式各樣的紙飛機？難道是因為疊一個紙飛機很簡單？好像也對，用紙疊一台正在耕地的履帶式「東方紅」拖拉機，或者疊一輛村裡每年出現一、兩次的大「解放」卡車，都沒那麼容易。最遙不可及的東西，成了最簡單的東西，在我們手裡。

即使是在我們眼裡，飛機照樣簡單。小時候的眼神真好得出奇，不管白天還是晚上，只要天上有飛機，我們都能看見。記得太陽剛升起或者太陽就要落的時候，最容易看見飛機尾巴上拖著一、兩條長長的白煙，我們稱之為「飛機拉線」。到了晚上，沒電視看，沒電影看，我們就看天。滿天的繁星，清清楚楚，明明亮亮，是一本永遠講不完的《故事大全》：什麼牛郎織女，什麼北斗勺子星，什麼流星一墜誰就會死……流傳了多少年的故事，我們都聽了多少遍了。

突然，這本大書就會出現一幅流動的插圖，那是夜行的飛機。看不見機身，看見的是幾盞忽明忽暗有紅有黃的燈，似星星一般，在我們頭頂的夜空上緩緩劃過。飛機的聲音是聽不太真的，這幾點移動的星星更顯寂靜，遙遠，神祕，讓我們無從解釋，無以爭辯。白天也好，晚上也罷，飛機飛過就飛過了，它連夢都算不上；或者也可以說，它們也是我們的玩具，和紙飛機一樣。

一九九三年初，我第一次坐飛機。也就是說，我的「飛機玩具時代」是三十歲才結束的，之後，就是飛機作為交通工具的時代了。既然是工具，就一定不如玩具好玩。即使是出門遊玩，每次起飛降落，仍然覺得飛機如刀，在你平靜的生活上劃開一道道口子。忽然從冬天到了夏天，忽然從漢語到了英語，又忽然從海邊到了高原。空

一聽說是「包機」，我們這些人就把飛機當公共汽車了。這在我是難得的飛行經驗。

間急速轉變，生活以飛行速度顯示出其慌亂的一面。原來，小時候不把坐飛機當作夢想竟然是對的：飛機也許會幫你實現夢想，但飛機在夢想之外。

寫到這裡，想起一位企業家，我姑且稱他為X吧。他曾經是深圳極有名的民營企業家，生意從蘇北做到全國又做到海外，簡直日進斗金，光芒四射。一九九五年，X和他的兄弟們在家鄉縣城隆重慶祝公司十週年，大宴四方賓客，我和一幫媒體朋友也應邀參加。回程我們在鹽城登機飛廣州。到得艙內，只見乘客不足席位一半，全是來參加活動的朋友。我對X說：「簡直就是包機嘛。」X說：「你怎麼不說是專機？專機！」

我已經好多年沒有見X了，這時候因為飛機而想起了他，憶起他說過的話。他的生意後來愈做愈大，再後來，不知怎麼的，突然就出了事，他也從此失蹤了。他本來是一張平整的紙，被時代疊來疊去疊成了一架紙飛機，起飛再起飛，甚至還飛成過「專機」。飛機可以是玩具，可以是工具，但對他而言，終不是家具。

8

春遊

未成形、成形中的青春欲望

❖ 楊照

台灣屬於亞熱帶氣候，春天來去匆匆，很不明顯。通常是冬天的尾巴，有幾天突然放暖了，過後又恢復寒冷，來來回回幾次，然後整體熱起來，哇，夏天就來到了。

因而春天與其說是個自然、季候事件，還不如說是個日曆上的概念。每個學生的日曆上都有個清清楚楚標示春天的「春假」。春假的開頭，是三月二十九日「青年節」，紀念一九一一年「廣州起義」中犧牲的「黃花崗七十二烈士」，春假的結尾，是四月五日的「清明節」，中間還穿插了一個四月四日「兒童節」。顯然，既然有那麼多天要放假，乾脆就連貫起來，放個完整吧！

慣例春假會安排郊遊活動。從國中開始，下學期第一週的班會，就幾乎都是在討論郊遊的事。班會，有其很大的名目，卻又有其微不足道的實質。名目來自孫中山先生的《民權初步》，要藉開班會來學習按照《民權初步》中教導的，開「民主的會議」。然而實質上，一來區區一班能有什麼事要開會來討論來表決呢？二來真正重要的事，老師就先獨斷決定了，哪會輪到班會上來討論來表決？

班會真正處理的事，不過二端。一是選擇班級幹部，二是決定班遊地點。其中班級幹部那一端，往往老師會加上許多《民權初步》上沒寫的第二步、第三步。例如由老師提名，同學投票。或是老師先提名一、兩位，再開放同學提名。或是設定提名條件，上學期成績要有前五名的才能被提名。當然，明說或不明說的，對於選舉結果，老師保留了絕對的否決權。

相形之下，大部分的老師沒那麼在意郊遊地點。那是真正可以，也真正需要開班會來決定的，唯一的事。大概也是整學期大家唯一會期待的一個班會討論議題。

光是提地點，就很熱鬧。不同地點立刻引來不同的反應。市區附近沒有人不知道、也很少人沒去過的，像是青年公園、陽明山、北投這種，嘆息聲與噓聲與叫罵聲交雜。可是很有趣，每次討論總就是會有人提這種明明不會被選上的地點。遠一點、或奇特一點的，像是金盈瀑布、梨山、武陵農場這種，大家會鼓掌，但大家都鼓掌的，投票時卻不會有票，因為知道成行的變數太多了。

討論來討論去，最後剩下兩種地方真正有機會被選上。一種是去過的人會積極想再去的，像是有台車、有纜車、有雲仙樂園的烏來。另一種則是名字很奇特很好聽，沒去過的人可以產生許多好奇遐想的，像是擎天崗、濛濛谷、小格頭……

選完地點，接著要分工。有人負責交通工具，有人負責烤肉裝備，有人負責食物採買、有人負責團康遊戲。上了高中，多了一項分工任務，而且是最關鍵的任務——要有人負責去找女校班級，一起郊遊。

那才是真正的熱鬧。程序一到，大家紛紛轉頭先看那平日就風傳有女朋友的同學。平常接受了大家那麼多羨慕乃至崇拜眼光的，這時該回報了吧！順便也有「看看你交得到什麼了不起大美女」的心理。當然最好是這幾個「天之驕子」能夠自願承擔，將女朋友整班帶來，問題就解決了。

另外一種方式，是搜索同學的家世背景，看看誰有妹妹在念什麼學校的，不然就是檢驗校外關係，看看誰在哪個補習班上課，有機會遇到哪個女校的學生。

還會有明明沒女朋友、也沒親屬地緣關係的人，會不意挺身而出英勇承擔，接受大家的歡呼與嘲弄。顯然，他打算利用郊遊的藉口，去接近某個或某些女生吧！

全班陷入一種奇特的騷動氣氛中。周遭環境裡沒有一個女生，但每個人心中卻都有複雜活躍的女生影像，那裡有好奇、有期待，當然還有沒有說也不知該如何說的幻夢。那裡還有一種依照想像中的女生關係，而閃爍著的臨時階級關係，本來在中心的「好學生」突然被放到邊緣去了，本來被青白眼看待的愛玩愛混的「壞學生」取代了他們的中心位子。

春遊來了，春遊又結束了。現實中去了哪裡、看了什麼風景、和什麼樣的女生玩了什麼樣的無聊團體遊戲，都不記得了。記得的，反而是班會裡的騷動，那未成形、成形中的欲望，更是青春的焦點。

在郊外烤肉時遇上黑幫飛仔

❖ 馬家輝

為了寫這個題目，我特地傳了電郵向內地朋友弱弱問了一句：到底什麼叫做「春遊」，我看不懂呀？是不是有什麼特別的假期，可供外遊尋春買春嬉春玩春？

朋友簡短回覆如下：「在內地，春遊就是大家利用雙休日啊年休假啊出去踏青，比如去哪裡看櫻花啊哪裡看油菜花啊什麼的，沒有專門的『春遊假』。」

噢，原來如此，原來就是出門去玩去郊遊，只不過因為是在春天出發，特地加上一個「春」字，聽起來便特別文藝腔、特別朝氣勃勃、特別繁花似錦、特別活力十足。

我對「春遊」一詞完全陌生，只因，香港是南方城市，我在南方城市裡出生與成長（看來亦有九成九機率將在城市裡死亡），對於踏青郊遊和季節轉換之類事兒的敏感度向來低落，雖不抗拒，卻亦不會額外感到高興，反正就是外遊玩耍嘛，從十七、八歲開始我便明白，只要口袋有錢，一年四季，找個假期，訂張機票，登上飛機，喜歡去哪裡遊就去哪裡遊，喜歡何時去遊就何時去遊，沒有什麼「春」不「春」。即使在冬天，忽然想踏青，約幾位朋友去菲律賓或曼谷，三天兩夜或四天三夜，保證能夠看花看海看樹看太陽，春天不在我這裡，我便繞著地球去找春天；草地不在我這裡，我便繞著地球去找草地，這就是了，這，或就叫做「移動的自由」。

總之，香港人，至少像我這類香港人，就是沒有「春遊」傳統，遊樂雖是大事妙事，但春夏秋冬皆可遊，踏青從來不是我的一杯茶。然而這又絕不表示我從不到郊外走走，小時候，在出埠旅遊尚未普及流行的時候，倒是偶然發生，在難得的假日，父親會帶同媽媽和我和姐姐妹妹以及兩位住在我家的舅舅前往新界旅遊，那時候沒有地鐵只有火車，從港島出發前往新界可真需要長途跋涉，要命，累死人，對於自小只喜窩縮在床上看書報或安坐於桌前打麻將的我來說，除了能夠略為享受闔家歡聚之樂，實在算不上是一件太吸引的事情。

記憶中，有兩次「春遊」經驗最為深刻難忘。

一回是到沙田踏青，目前的沙田已是高樓大廈的集中地，連跑馬場亦橫躺於此，早已不是郊外，但在上世紀六十年代中期，該地仍然荒涼，還有個叫做「蝴蝶谷」的小草原，黃花爛漫，極適合讓林青霞、秦漢之類的俊男美女來此拍愛情電影。我們到此，坐下，抬頭，靜心聆聽微風迴盪的自然音樂，但忽然，母親輕輕說道，嗯，小心啊，報上說，前幾天這裡有老虎現身，我們可別當了老虎的大餐。

一句戲言，把孩子們都嚇怕了，趣意頓消，渾身發毛，前顧後盼，唯恐隨時有一頭老虎撲出來把我們咬得血肉橫飛。但其實那句話亦非全是戲言，那陣子的香港還真偶現虎蹤，從獅子山到新界，都曾有老虎出沒，據說是從大陸南下，而若干年後我把此說告訴我家小女孩，她瞪著眼睛，不屑地說，老爸，別傻了，特首曾蔭權說香港是「亞洲國際大都會」，這樣的城市，怎可能有老虎？

另一回踏青印象比恐懼老虎更為恐怖，因為遇上有血有肉的壞人。話說又是某個週末，又是一家八口到了郊外某地遊樂兼烤肉（即ＢＢＱ，並非讓熱烘烘的太陽來烤我們的嫩肉），正當吃得興高采烈，突然，不知從何處走來幾位蓄著長頭髮、身穿緊身恤衫和喇叭褲，腳踏高跟鞋的「飛仔」，其中一人把我手裡拿著的可樂汽水瓶搶

六十年代初，小艇遊河。我的母親。

走，像演戲一樣，把瓶底朝地上一敲，來個「爆樽」，敲碎了，再用尖銳的破瓶威脅我們，別動，要錢！

我是文弱書生，固然被嚇得屁滾尿流；我老爸是文弱老生，同樣被嚇得心驚膽戰，幸好我那兩個舅舅是道上中人，以前曾當警察，其後染上毒癮，當不成警察，改做流氓，算是出來「混」了好一陣子，他們非常鎮定，挺身而出，把飛仔們中的老大請到一旁，站在河邊，粗言髒語地聊了十多分鐘。那可是漫長的十多分鐘，我們不敢動彈，連呼吸亦儘量輕聲，彷彿擔心打擾到舅舅和飛仔老大的談判，過程裡，聽見他們有時候講得神情嚴肅，有時候則哈哈大笑，內容是聽不清楚了，只記得言詞裡夾雜著極多的男女生殖器官名詞。

好不容易等到談判結束，舅舅走到父親身邊，請他掏出三百八十八元，恭敬地遞給飛仔老大，對方接過，聳一下肩，轉身帶著手下離去。依照舅舅的事後說法是，他響出了自己的江湖社團名號，飛仔們雖然不是「同門師兄弟」，卻亦給個面子，願意略收「茶水費」，不再苛索；三百八十八，生發發，聲調吉祥，亦是江湖道上的規矩數目，圖個吉利而已。

那回烤肉，意興闌珊，下山回家時已是黃昏，我望著兩個舅舅的背影，倒頗羨慕他們的「英雄本色」，從此心底暗有「江湖情結」，對黑社會人物常懷熟絡之感，直到如今，我仍不排除總有一天加入黑幫社團的可能性，做個「超齡飛仔」或「大齡阿飛」，為華文寫作界立下稿紙以外的另一頁生命傳奇。

無名的春天

❖ 胡洪俠

春遊不是春天大家族的嫡系後代，充其量只是春天的一個遠房親戚。昔日宮裡的人，今天城裡的人，一聽說春天來了，往往春心大動，於是成群結隊，載食載水，說著鬧著去遊春尋春探春訪春。這等於說，春遊的人認為自己是在春天之外，非探訪巡遊一番就難免與春天擦肩而過了。

每逢別人說起小學中學時代春遊都去過哪裡時，我總覺得慚愧：雖說那些年的春天我並沒有少過一個，但卻沒有春遊過。話又說回來，我何曾需要春遊呢？春天來的時候，我一直就在春天裡。村北小河破冰的時候，胡同口柳樹抽芽的時候，路旁綠楊飛絮的時候，田間草色漸深、野花漸繁的時候，我自然而然地就在春天裡了。踏青乃是天天的功課，原用不著興師動眾去尋尋覓覓的。

儘管無緣春遊，我從小對春天卻有著一份特殊的感情。城裡的人想著要遊春的時候，也正是我盼春的時候，這份迫切倒與情懷比如懷春之類無關，而是與吃有關。欲明乎此，又需從冬天說起。故鄉的冬天，生活之單調乏味那是如假包換的；單說吃，就更是單調與乏味。那可是真正的單調：天天紅薯（地瓜）加紅薯玉米粥，如還不飽，另有高粱麵、紅薯麵、玉米麵「三合一」的大餅子窩窩頭伺候；那也是真正的乏味：飯桌上蘿蔔鹹菜或其他各式鹹菜是「主打招牌菜」，偶爾也有白菜湯、冬瓜湯、粉條菜調劑，但那得是趕上過個什麼節日或者來個什麼親戚的時候。這樣一個冬天下來，乏味往往就成了反胃，單調於是生發出渴望。渴望什麼呢？就兩個「春」字，一為春節，一為春天。能大吃大喝的春節才是過年啊，這且用不著細說。而春天，我渴望的春天，它一旦來臨，飯桌上飯菜的顏色就會多一些，味道也跟著豐富一些。

這一會我極力想回憶起當年鄉間野菜的名字，或者用野菜涼拌熱蒸而成的食品的名字，但是，很困難。心裡有的，往往嘴上無；嘴能說的，往往寫不出。首先從記憶中突圍而來的，是婆婆丁。齒葉匍匐於地，一徑獨立中間。葉能吃，花果也能吃。待花果變成絨球，絨球又被風吹成無數個小傘，就吃不成了。多年以後，一九八〇年吧，電影《巴山夜雨》裡的一首歌流行，一個小女孩唱道：

我是一顆蒲公英的種子，
誰也不知道我的快樂和悲傷。
爸爸、媽媽給我一把小傘，
讓我在廣闊的天地間飄蕩、飄蕩……

當時我邊聽歌邊想：婆婆丁變成蒲公英的種子之後，就不好吃了，而我在唱歌小女孩那樣的年齡，蒲公英能吃或不能吃時的「快樂與悲傷」，誰又知道呢。我是不需要靠那把「小傘」在田間地頭飄蕩來飄蕩去的。

萬物復甦時，田野裡能吃的野菜還有苦菜、薺薺菜、馬齒莧、苜蓿芽，樹上能吃的有香椿芽、榆錢和槐花，長在地下需刨出來嚼用的則是茅草根。最有邊採邊吃樂趣的，是茅草根發芽而又未長成葉時的葉芯：尖尖長長的，白嫩白嫩的，俗稱 gugudi。

我和我的初中同學。猶記得那時相約一起去建國照相館照相，快樂的心情正似春遊一般。

三個字怎麼寫，都說不清。有人說，gugudi應該寫成「咕咕荑（ti）」，di音是訛讀。「荑」字曾出現《詩經》的〈靜女〉篇裡，所謂「自牧歸荑，洵美且異。匪女之為美，美人之貽」。《集傳》解「荑」字為「茅之始生者」。如此說來，那尖尖長長的茅草葉芽稱為「姑姑荑」才有道理。有些朝代「姑姑」曾為未婚女子的統稱，美人從野外採回來贈送給你的又漂亮又美妙的荑，當然就是「姑姑荑」了。

不獨「姑姑荑」，春天裡讀得出來卻難以下筆成字的野菜食品還有很多。有幾年的春天，我很熱中從生產隊的苜蓿地裡偷採苜蓿芽，回家讓母親做一頓 nagou 吃。這又是哪兩個字？做法很簡單：苜蓿芽摘好洗淨，拌入玉米麵，撒鹽若干，放入鍋中蒸之。吃的時候最好以蒜泥為佐料，清香復辛辣，堪稱美味。可是，怎麼寫？「拿夠」？「哪夠」？不會是藏汙納垢的「納垢」吧。還有經常用來涼拌的馬齒莧，我們也不叫馬齒莧，而是叫「馬勺菜」？是這個「馬勺」嗎？葉子長得像餵馬的勺子？另，玉米麵其外、槐花其內的菜團子，我們叫 qiliu，是「薺餾」還是「齊溜」？

唉，說春遊說到 qiliu 這裡來了。我懷念沒有春遊但有野菜吃的春天，但絕不留戀。即使野菜如今成了時尚健康食品，即使可能永遠找不到 gugudi、nagou、qiliu 等等正確的書寫名稱，我也不留戀。

9 世界讀書日

開啟閱讀歷程的一本參考書

❖ 楊照

我小時讀到的第一篇俄國文豪托爾斯泰的小說，叫〈一個人需要多大的土地？〉講一個很簡單的道德故事。有人交了奇特的好運，只要他從早到天黑跑一個圈圈，圈出來的土地，就都是他的了。於是他拚命跑拚命跑，無論如何要讓自己圈到的土地大一點，一整天跑完了，他也累得倒下來，再也沒有辦法起來了。

所以，究竟「一個人需要多大的土地」呢？最終的答案是——一個棺材大小的土地，供他下葬永遠棲居。

讓我難忘的，不是小說內容，而是這篇小說的奇特來處。這篇小說，印在國中一年級下學期，第二冊的國文參考書裡。

班上每個人都用參考書，可是就我知道的，沒有別人跟我用同樣版本的國文參考書。我的版本，編者叫做何瑞雄，是在台南印刷出版的，冷門得很。別人都用參考書，爸媽也讓我用，不同的是，他們讓我拿了錢自己去選，爸爸說：「這麼一點事，總會自己決定吧。」所以我翻遍了「盛大行」書架上排列的參考書，很認真當一回事地為自己決定，才會意外遇見了何瑞雄編的怪胎參考書。

那是一本不折不扣的國文參考書，該有的課文、解釋、重點整理和仿真測驗，都有。可是在其他參考書都有的這些內容以外，多了很多東西。

難怪這本參考書，字印得比其他參考書都還要小。幾乎每一課，從蔣公訓辭到現代詩，參考書都附上了豐富的「參考內容」。就像托爾斯泰的短篇小說一樣，這些「參考內容」好像跟課文都沒什麼直接關係啊！

我一直記得那本參考書，記得裡面甚至還有何瑞雄自己寫的詩。多年以後，才證實了我小時就懷疑的事，何瑞雄是個熱愛文學熱情寫詩，也參與過文壇活動的國文老師。他幹嘛編參考書？顯然不只想要幫學生準備考試，順便為自己賺一點錢，他是用

一個熱中閱讀，覺得閱讀的世界比真實人生更重要的少年。

參考書的形式，在偷渡文學給年輕學子啊！

我可以想像別的學生買了這本參考書回家，跟我一樣興味盎然地讀起托爾斯泰有趣的故事，家裡的大人靠過來一看，噢，原來是在復習功課，點點頭就離開了。本來在課業壓力下，沒什麼機會看課外讀物，也沒機會接觸課外讀物的小孩，或許就靠這麼一點偷渡的內容，保留了文學的根苗。

我一直忘不了少年時期，曾經領受到一個長者這樣的隱約用心。大學畢業，自己在文學出版圈稍稍有點交接，還在美國留學時，有一回暑假回台灣，我還鄭重其事地跟那時在遠流出版社工作的陳雨航提起編參考書的計畫。

陳雨航當然很驚訝，一個寫小說寫散文，又沒教過國中的人，編什麼參考書？而且參考書有參考書的出版流通系統，編參考書，幹嘛找從來沒介入過這個市場的遠流？

我解釋，我不是要編普通的參考書，我想做的是像何瑞雄那樣的工作，把它做得更大更扎實。既然台灣是個考試至上社會，既然為了考試學生得花那麼多時間只讀課本，既然老師家長認為只有跟課本跟考試有關的東西才值得讀，那要解救台灣的學生，讓他們不要那麼封閉那麼可憐，能做該做的，就是偷渡。把遠比課本豐富多樣的內容，用參考書的形式打進學生的生活，讓他們能理直氣壯不被罵不被沒收地讀真正的知識，而且我有把握，這樣的參考書打開學生的眼界，挑起他們的好奇，連貫了課本的條文，還一定可以有助於學生考試得到較好的成績。

我不想找國中高中老師合作，更不想找參考書出版商，他們一定不會支持我的想法的。我們要做的，是一種潛伏的教育革命，文化改造運動啊！

暑假很短，沒一會兒，我就又去美國繼續我的研究生學習了，遠流和雨航也有很多出版計畫要忙，「編參考書救台灣學生」的構想，也就不了了之了。

可是編豐富有趣參考書的想法，從來沒有離開我的腦袋。總覺得，當年在「盛大行」的角落裡隨便翻開一本參考書，竟然能啟發我看到那麼大的文學世界，何瑞雄給予我的，我應該要用什麼方式傳遞回報給下一代的台灣小孩。

救書記

❖ 馬家輝

「世界讀書日」（官方名稱是 World Book and Copyright Day，直譯應為「世界圖書與版權日」）聽起來格局宏廣，但其實非常年輕，僅有十六年歷史，自一九九五年開始，每年四月二十三日，各國各城各政府皆或誠懇萬分或例行公事地舉行活動以推廣讀書風氣，至於活動過後，讀書是否真能成「風」成「氣」，倒似乎沒有任何政府會去認真評估。

或許閱讀就是這麼矛盾的一回事：推廣容易收成難，一旦把推廣成效期待得太高太急，便易氣餒放棄，反而，你愈假設社會上的閱讀風氣很低落很敗壞，你便愈有動機有理由去推去廣。因此千萬別企圖去做什麼計算評估，千萬別理會那些什麼數字指標什麼統計調查，你只需繼續對社會大眾發出「危機警告」，提醒他們，下一代愈來愈不愛讀書了，下一代愈來愈不懂讀書了，我們必須共同努力提升閱讀風氣，否則，文明低落，大難將至，諸如此類，諸如此類。

也因此每年的「世界讀書日」其實等於「世界讀書焦慮日」，地球上所有政府和傳媒都以如此或如彼的方式恐嚇然後催促大家，多讀書啊要讀書，不可不讀書。

在我成長的年代，當然沒有閱讀推廣這碼子事兒，殖民政府才懶得管你讀不讀書，甚至很有可能根本不願意看見老百姓讀書思考；在那年頭，讀書純粹是一種「自強活動」，你只能依靠自己，或，依靠一間值得依靠的書店；在那年頭，書店便是推廣閱讀的火車頭。對我而言，位於灣仔莊士敦道的「天地」便是這樣的一間好書店。

「天地」已經有三十五年歷史了，這對什麼都強調「新」強調「潮」的香港來說，已經絕對配得上一個「老」字，連食肆商場都很少能夠經歷這樣的歲月，何況書店？真高興有這麼一間經得起歷史考驗的書店。新書店不是不好，但對「資深讀者」來說，書店不只是書冊的流轉賣場，而更是生活記憶的其中一個累積空間，你來這裡打書釘、選書、買書，這麼多年了，你透過這個平台建立了自己的思想軌道，你已經把部分生命融注於書店之內；或倒過來說，書店已經銘印在你的生命之上。

尤其年少時候，口袋裡沒有幾塊錢，站在店內，東摸西翻，消磨了好多個暑假的好多個無聊下午，經過多番掙扎猶豫才選定了一、兩本書，付完賬，如獲至寶地把書提回家，感受不似滿手鮮血的獵人射捕了動物，而像邀請了新朋友返家暢談，那是精神的滿足，天地之寬，任自逍遙。

所以至今在店內抬頭望見書架上的一些舊書，跟隨自己在地球上東奔西走數十年了，新朋友變成老朋友，猶記得當初是在哪家書店跟它們結識，由於曾激動，前塵遂難忘。

「天地」是書店，亦是出版社，可能由於手裡掌握著亦舒、李碧華、蔡瀾等幾張暢銷王牌，便遊刃有餘應付一些冷僻但關鍵的作者了。我亦曾在「天地」出版了幾本輕薄小書，包括《流行學手記》、《人生問答》、《數風流人物》等，但一直沒再版，因為連初版也賣不完。大概八年前的一個下午，我到「天地」書店逛蕩，以往從沒企圖找過自己的書，當日卻不知何故心血來潮，在書架上尋得一堆印著自己名字的賣不出去的陳年老書，如遇舊友，感受親切，可是畢竟自悔少作，暗覺面紅，於是統統買下，帶回家收到櫃底，以免它們流落坊間、丟人現眼。

羅志華，經營「青文書屋」，是香港文化史上的傳奇。書店其後倒閉，他也被積存於小貨倉內的書本活活壓死。書店關門那天，傍晚，我趕去，成為最後一位客人，還替他下拆卸招牌的紀念照片。其後我主編了一本書悼念他，取名《活在書堆下》。

豈料，三天過後，「天地」門市忽遇火劫，好幾十排書架遭殃，架上書冊不是被火燒成灰燼、就是被水泡浸成浮屍，此乃書店噩夢，任何一位愛書者想起即會打個寒顫。然而我在家裡客廳翻開報紙讀著新聞，心裡湧起的卻是一陣曖昧的詭異。

巧合啊真是巧合，怎麼我會不早不遲地「救」出了自己的舊書呢？難道站在書架面前，它們對我發出感應召喚，寧願跟我歸家，不肯葬身火場？我相信人與書之間有著隱密關連，書是思想的載體，本身卻又似擁有獨立的生命，或許書也怕痛怕死，像科學家霍金所曾感慨，它們明白，只要活著便有希望。

自從習慣了在網路購書，我已甚少在香港閒逛書店，但每回到了灣仔，不管是獨自前往抑或帶同女兒，吃飽喝夠之後，例必在「天地」停留半小時，不為什麼，只為懷舊，如同探訪一位老朋友，不必言語，面對面坐著，就夠了。但當然，進了店，總得買書，花點錢，像請老朋友吃頓飯，受益的始終是我自己。

這一天的日記

❖ 胡洪俠

二○○四年四月二十三日

前幾天我在《文化廣場》寫〈誰送我一枝玫瑰花〉，向深圳讀者介紹「世界讀書日」。不唯深圳，內地知道今天是「世界讀書日」的也不多。同樣是「洋節」，「耶誕節」、「情人節」等等，國人都過得有模有樣，一個與閱讀有關的節日未免太寂寞了。或許，在深圳，我們是第一次談論「世界讀書日」的媒體吧。

一九九五年十一月十五日，聯合國教科文組織正式通過決議，宣布自一九九六年起，每年的四月二十三日為「世界讀書日」。我在文章中提到，遲至二〇〇二年，都到了第七屆「世界讀書日」了，內地才首次開展了有關活動。有記者問中國書刊發行協會的一位副祕書長這是怎麼回事，得到的回答是：過去我們的條件還不夠成熟，因為「世界讀書日」的活動需要出版社等各方面的支持，耗費相當多的人力物力和財力。今年先在北京做一次試點，由中國出版集團和幾家出版社參加，做一次前期準備，明年將擴大範圍。

今天再在《文化廣場》發表〈這個日子有點浪漫〉，繼續忽悠各方關注「世界讀書日」。還好，上篇文章見報後，深圳書城負責人來電話說：從今年起，他們將陪伴深圳人過好每一個「世界讀書日」。今年時間緊，他們也還是準備了幾個活動：專門刻了「世界讀書日」紀念章，屆時會在部分贈書上加蓋；他們也準備了一些玫瑰花，等著獻給愛書的人。當然，活動不夠多，也不夠大，但是，深圳畢竟開始有了「世界讀書日」的氣氛了。

二〇〇五年四月二十三日

深圳的「讀書月」氣氛一年比一年熱，但今年的「世界讀書日」仍少節日氣象。

六天前，我們聯合一家市場研究機構做了一個調查，結果令人沮喪：四十個受訪者中，知道「世界讀書日」的人基本沒有，僅有一人表示曾經聽說過，卻沒有任何具體的瞭解。接受調查的人有企業職員、管理層、公務員和學生等，都應該是讀書的主力人群吧。

「文化廣場」策劃了一個為期六天的「書香特稿大接力」，一來應景應時，二來希望盡「鬧鐘」之職，收提醒之效。首先由在英國留學的韓露「起跑」，之後「接棒」的有北京的張冠生，深圳的包子，美國的蘇麗珊，香港的祝捷，最後是台北的張紫蘭和山東的慧遠。

1995年我裝模作樣照了這張相。背後書架上的報紙是剛創刊不久的《文化廣場》，這份報紙在深圳最早倡導「世界讀書日」。

韓露在文章中描述她和蘇格蘭小鎮一家舊書店

的相遇。她寫道：「足足一百多個平方的空間裡，環牆繞壁都是書架，密密匝匝，圍出一片遺世獨立的天地；架上、桌上、地上、箱子裡、窗台上到處是書；摞著的、擺著的、書脊朝外的、書根朝外的，各有各的姿勢。最最令人心醉的，還是那特有的濃郁的書香，如果有合適的容器，真想把這空氣也裝進行囊帶回家。」真是只有愛書人才能寫出的文字。

二〇〇八年四月二十三日

今年深圳的「世界讀書日」過得有點意思了。各方共策劃了七、八項主題活動，其中多項活動都已提前展開。中心書城搞了一塊大大的「愛閱」簽名版，讓讀者留言說讀書；深圳圖書館有「4·23世界讀書日主題回顧展」；一家書吧還組織了一個二手書交流活動，鼓勵市民在這一天以書易書。北京大學教授王余光今天也應邀在深圳圖書館開講座，講題為「中國閱讀的傳統與使命」。

其實讀書日的活動還可以再有創意一些。據說德國人在這一天做過一件很好玩的事：邀請四十位作家在限定時間內各自獨立完成即興命題作文，交稿後，出版社以最快的速度編輯、印刷、發行，一切在一天內完成。全部圖書銷售所得捐贈給一個救援組織，用於資助阿富汗的一所女子學校購買教科書。每位作者不領取稿酬，只取樣書一本，以做紀念。這本書的名字叫《速度——世界圖書日之創造性冒險》。九十六頁的薄薄小冊子，定價高達二十歐元，但事關慈善，書本身又極具收藏價值，因此銷售速度十分驚人。甚至圖書尚在印刷廠之際，網上的競拍已經開始了，價格一路攀升。

「文化廣場」今年「世界讀書日」的策劃是「重讀經典」。

二〇一〇年四月二十三日

今天去中心書城參加以讀書為主題的聚會。已經是第二年或第三年了，深圳一幫愛書的人一到「世界讀書日」就會聚在一起，談談書人書事，發發諸如全民閱讀率愈來愈低的牢騷。長此以往，也許會形成一種「新的傳統」吧。

10

初戀

惡作劇與暴力中的青春真情 ❖ 楊照

十四歲，國中二年級，我們班換來剛從師範大學畢業的導師。一個從髮型、臉孔到聲音都充滿稚氣的女生。頭髮顯然是新燙的，幅度青澀而且不穩多變。可能因為還不是常常自覺地照鏡子修飾訓練的關係，笑起來嘴角會不平衡地歪翹一邊。更好玩的是說話時，濃濃的鼻音加上略嫌誇張的捲舌，聽起來硬就是小女孩扮家家酒的味道。尤其她教的是我們第一次接觸的物理化學，總覺得那種聲音配上一黑板稀奇古怪的公式，不太像是件認真嚴肅得來的事。

不知是湊巧，還是學校教員男女比例真的那麼懸殊，那一年我們班的老師中，除了數學和體育之外，都是女的。我們每天聽到的，都是女老師尖細的聲音，為了壓服我們騷動的活力，不得不勉強讓自己改以粗厲的方式叫吼；每天看到的，是她們拎著藤條走來走去，裝出隨時要打人、隨時可以打人的凶悍模樣。夠分量的男性角色付諸闕如，似乎無可避免地助長著一種想變壞、好惡作劇的誘惑。

清晨一早，我們潛入教師辦公室，用鐵絲撬開導師的書桌抽屜，偷看她男朋友寫來的情書。上課時，趁她轉身寫黑板，幾個人聯合捏著鼻子作怪聲背誦信裡的第一個句子：「阿霞，你真笨，表面張力當然是接觸力……」導師的臉先是羞成葡萄酒紅，接著又氣成了煞白。沒有人承認是誰惡作劇的，所以全班都挨打受罰，還沒打到真正的「壞份子」，她自己傷心地趴在牆上哭了……

學校的主要建築圍成一個「日」字形。我們班占住「日」字中間一橫的右半，剛好控制角落的一樓樓梯口。開學後幾個禮拜，我們班的惡名遠播，樓上的女生紛紛避免使用那個樓梯。

只有二年六班的女生例外，她們不用繞路，每天從那個樓梯下來打掃烹飪教室。主要原因是她們班和我們班同一個數學老師，很多人一起補習，所以有不少浪漫情愫

小學畢業前，班上幾個女生合影，裡面有我初戀的對象，但不告訴你們是哪一個。

在流傳著。她們會得到特別的紳士待遇，客客氣氣的笑容與招呼。不過這種紳士態度，跟惡作劇一樣遠離學校官方規定的秩序模式。

我沒有參加補習，搞不清楚誰喜歡誰、誰不喜歡誰。六班的女生們我也都不認識，除了一個，小學時和我常常玩在一起的同班同學。她也分在六班，也每天走下來去打掃烹飪教室。我也是紳士地對她點點頭，然後驚異地看著她換穿了白衣藍裙的背影和才兩年前的連身小學制服模樣，有了這麼大的差別。

有一個下午，我們幾個人翹掉最後一節課到操場上踢足球，踢著踢著天上下起暴雨我們也不管，讓自己盡情地沾滿泥濘似乎有更大的樂趣。回到教室時，人家都已經放學了，只有負責鎖門的同學幫我們看著書包。

走向校門的路上，負責鎖門的同學告訴我們放學前打掃時間發生了一件事。天空打雷，六班的一個女生在烹飪教室走廊上突然暈倒。她們同學手忙腳亂要抬她去保健室時，我們班上一個傢伙跑去混水摸魚偷看了那女生的大腿和三角褲。

我覺得好像自己被雷打到一般。小學同班的那個女生怕打雷，沒防備聽到巨響會一時失去知覺，這我清楚記得的。六班暈倒的，一定是她。我在那瞬間抓狂了，帶領著一起踢足球的死黨跑到市場後面，把偷看女生的傢伙找出來，就在市場地下樓垃圾堆旁揍了他一頓。揍人總是得講明理由的。我告訴那傢伙，他破壞了我們班和六班間不搞惡作劇、不欺負的不成文協議，「下次再有誰敢動六班的女生，我們都會讓他好看！」我這樣撂下話來。

不過顯然大家覺得揍那傢伙的理由不只這樣。第二天消息傳開來，班上的人都用一種混雜著敬畏與好奇的眼光看我。那是我第一次體會到用暴力建立起的另一種不在課本、不在校規裡的權威。

說老實話，我原來沒有打算要走那麼遠，從惡作劇到暴力。說老實話，那天揍過那傢伙後，我回家縮在房間的床角顫抖不止，我的世界惡意地在轉，轉得厲害了好像要脫線崩散開來，我害怕，不知道要如何理解自己的暴怒、暴力，以及對於那個女生的情感的真相……

我的六歲的小女孩

❖ 馬家輝

如果我說是由六歲開始，會不會早熟得有點變態？

但當然六歲時的「初戀」只有「初」而不見得是「戀」，那是生平初次有意識地對異性產生懵懵懂懂、朦朦朧朧、曖曖昧昧的異樣感覺，絕對談不上什麼相知相慕的互動依戀，若用當下流行語來說，那陣感覺只是，「怪怪的」，而由於是第一次「怪怪的」，便深深地銘刻心底，一直怪下去，永遠怪下去，怪到如今，一想起，仍然怪。

那場「初戀」純感體驗發生在幼稚園階段，幼兒園在香港人習慣被喚成「幼稚園」，其實頗具殖民地廣東佬的幽默趣意，把上學的孩子視為「幼稚」，聽起來簡直比「低能」好不了多少。六歲，屬於幼稚園高班，暑假後便要做小學生了，那間幼稚園位處港島灣仔，校名「嘉模」，僅有兩位女老師，都穿旗袍上課，洋溢著一九六〇年代的花樣年華。嗯，別誤會，她們並非我的初戀對象，我對於熟女們的愛慕到了中學才開始萌發，在此以前，我仍然只愛同齡人。

很不幸成為我的第一個暗「戀」對象的女孩子姓馬，我清楚記得，或因同姓。也記得頭髮是烏黑而長密，有時候束起兩根小辮子，眼睛明亮純真，如同每一位六歲的小女孩。有沒有小酒窩？忘記了，只記得笑起來很甜很甜，她一笑，我便「怪怪的」，心軟了，其他部分或因年紀太輕而也是軟的，幸好。

我的記憶庫珍藏著三幅清清楚楚的甜蜜影像。

一幅是，幼稚園裡有一片供孩子們跑跳玩耍的空地，放置了四、五輛塑膠玩具車，坐下去，用雙腳代替輪子，腳動即車動，小朋友頓變車神。有一回，我本來百無聊賴，忽然，看見身穿綠色短裙校服的馬小姐嬌俏現身，心神登時大振，立即像卡通裡的大力水手吃了罐頭生菜，全速闖到其中一輛車子旁邊（不記得有沒有把車旁同學猛力推開，但依我的書生溫文性格推斷，應該沒有，可是也說不定，或許我在成為書生以前其實非常暴力，只不過不知何時出現了「基因突變」，野獸變文人），跳上車，化身為《頭文字D》的男主角（咳，抱歉，那年頭其實尚未出現這漫畫），彷彿在鞋底裝了引擎，風風火火地把車子從左「開」到右，再從右「開」到左，純粹為了搶奪小美女的眼球。老實說，我沒法確定她是否曾經瞄我半眼，但我管不了那麼多，我是如此自得其樂，像有鎂光燈打在臉上身上，自覺威風極了，那一刻，亦是生平首次，我知道自己是個貪慕虛榮的壞貨色。

另一幅難忘影像比較溫柔和善。有一回，午餐過後，老師派發糖果，孩子們排排坐，伸出雙手迎接，我剛好坐在馬小姐旁邊（真的只是剛好？抑或是我厚著臉皮刻意坐過去？）眼見放到她小手掌裡的糖果似乎比我所收到的少了若干，我馬上發揮男子漢大丈夫的擔當本色，把自己那份跟她交換，她接過，有點莫名其妙地側著臉瞄我一眼，我心頭湧起一股英雄豪情，自覺非常「偉大」，幾乎希望其他同學鼓掌喝彩。

我的初戀純感體驗發生在幼稚園階段，那是生平初次有意識地對異性產生懵懵懂懂、朦朦朧朧、曖曖昧昧的異樣感覺。這照片，我站在澳門，葡京酒店猶在築建之中。

最後一幅影像則甚哀傷。還未等到六月畢

業，她便轉校了，真的，我真的記得，有一天下課後，孩子們如常乖乖坐著等候家長來接，她的父親來了，不尋常地踏進校門，牽著她的手，囑咐她對旗袍老師鞠躬道謝，然後，繼續牽著她的手，把背著小書包的她，帶離幼稚園校門，帶離我的視線範圍，帶離六歲的我的微小世界。我的「初戀」，至此告終。

故事說完了。聽上去有點似是編造，因為太像歐洲成長小說或電影裡的老套情節。但在我腦海裡，故事的存在卻是千真萬確，或因自己回味過這故事千百遍了，或因每次回味都替故事添加細節並予以確認，「打磨」得夠多夠久，自己便也深信不疑。當我相信是真的，它便是真的了。所以我並沒有失去那女孩。我反而是「獲得」了她，愈回味，她的形象便愈具體豐實，像紋身圖案一樣被畫在記憶的皮膚裡。這是「初」不完的「初戀」，比後來的所有其他的，更屬永恆。

到底什麼才是初戀？

❖ 胡洪俠

為了寫「初戀」這個題目，我不得不請教朋友：到底什麼才是真正的初戀？不就是初次和異性明確戀愛關係嗎？首次暗戀別人而終究神不知鬼不覺，不能算吧。第一次寫求愛信卻遭當事人舉報，結果搞得雞飛狗跳，又怎麼能算？朋友說，這樣的問題也要問？沒聽說過這麼句話嗎——「你是我的初戀，而我未必是你的初戀。」我不服氣，堅持認為你平生第一次提出想和誰誰誰戀愛，而人家又答應了，那才算正兒八經的初戀。朋友笑了：「那你就先給我說說你所謂的初戀吧。」……好吧。

你知道，唉，你也未必知道，那個時候，也就是三十年前的初戀，和現在孩子們的初戀，根本就不是一回事啊，尤其在我上學的那座小城。說是小城，其實不過是有兩、三萬人的鎮子，還趕不上現在深圳的梅林一村人口多。一九八一年七月初，近三百名師範學生要畢業，接下來是到各縣文教局報到，聽從組織分配。有一天我在收拾行李，一位是同學又是同鄉的兄長找我去散步。「走，溜溜去。」他說，「以後咱都到農村去了，沒有在城裡油漆馬路上溜彎的日子了。」

校門前的街上散步的人很多，偶爾也有幾對男男女女。平日裡他們的戀情都是小道消息，這會兒紛紛上了馬路了。同鄉兄長問道：「這兩年你也沒搞個對象？」

「還小吧，」我說，「參加工作再說吧。」

「參加工作再說？你父母養你這麼大不容易吧？」

我一愣，不知為什麼他有此一問。他也不等我回答什麼，逕自往下說：「咱都是農村的，為什麼要考學？不就是為了逃離農村，和城裡人一樣吃上商品糧？咱吃了商品糧，父母就有指望了。咱們馬上要回農村當老師了，你可別信什麼『人民教師最光榮』之類的話。農村吃商品糧的姑娘本來就沒幾個，即使有，誰又瞧得上當老師的？農村戶口的姑娘倒是看得上你，因為你吃商品糧啊。可是你和農村姑娘結婚，生的孩子還是農業戶口。鬧騰到最後，父母能指望你什麼？你自己琢磨琢磨。」

沉默了幾百步之後，我說：「大哥，道理我都懂。回農村後，我會繼續考學，我不相信靠個人奮鬥我就闖不進大城市。到那時，什麼都好說了。」

「幼稚啊！」同鄉兄長長嘆一聲，不理我了。

「那又能怎麼辦？」我怯怯地問。

「趕緊在女同學中劃拉一個呀！」他說。

「可是，」我嗓音提高八度，「再有七、八天我們就離校了呀。」

「所以嘛，」他的聲音似乎又比我高八度，「所以，要趕緊。要快！」

那一夜，我注定無眠。當晚一定得寫出一封求愛信，可是寫給誰呢？猶豫之際，一個名字率先蹦了出來。好吧，她家在城裡，我也挺喜歡她的，就給她寫信。我寫道：按理說我們年齡還小，不應該考慮個人的事，而應該把全部精力用在如何做一名合格的人民教師上。我說，可是只要處理得好，理想與家庭是不矛盾的。我說，不知你是否同意和我交個朋友，如果同意，我們就在今後的人生道路上互相幫助，共同進步。最後我沒忘再補上一句，離校日期將近，急切盼望回音。

第二天，情書經人傳遞過去，當日無回音；第三天，回信到，她說暫不考慮個人

當年談戀愛，時興互留照片。我給了她這張照片，幾個月後，她還給了我。這當然意味著初戀失敗。

問題；第四天，心裡空落落的，雖無撕肝裂肺的痛苦，但自信心流失嚴重；第五天，她託一同學傳話，說她答應和我明確戀愛關係；第六天傍晚，約好出去走走，二人沿小街走至城外，橫向間隔距離約一米，並保持始終，其間互相通報家庭基本情況，交換照片一張，還相互鼓勵在各自工作崗位上幹出一番成績；第七天，我出發奔向農村，她和屢次給我們傳信的女同學到汽車站遙遙相送。之後通信數封，她幾番表示希望我能設法調回城裡，因她父母不同意她嫁入農村。九月初回小城尋求調回城裡之管道與門路，毫無結果，二人相對無言。當月底，她來信說家裡逼她中斷與我之戀愛，她亦無奈，希望能將照片和來信寄還……

「這哪是什麼初戀故事啊。」朋友聽完後哈哈大笑，「情未必初，又沒有戀，太枯燥太乾巴了，不好玩不好玩，肯定不如楊照、馬家輝寫得好玩。」我無以辯解，只好連連說道：「慚愧，慚愧。可是這其中的許多事情，你不懂，你真的不懂。」

11 母親節

那個母親節的前一天

❖ 楊照

當年大學入學聯考，固定在七月一日、二日兩天舉行。母親節是五月的第二個星期天，很容易算的，距離聯考不到兩個月，只有五十天左右。

十八歲那年，母親節前一天，星期六的早上還到學校去，已經沒有老師上課了，該上的早就上完了，通常老師來了就發考卷，同學可以選擇做考卷，也可以選擇自己念書。

中午放學走出校門，上次模擬考的成績還貼在布告欄，忍不住再瞄了一眼，依照模擬考的排名，如果現在就考試，我應該可以順利考上第一志願吧！

多麼希望今天就考試，今天就可以解脱被聯考壓得喘不過氣的壓力。在這種心情下回家，很難讓自己馬上釘坐在書桌前，繼續讀那些已經讀破讀爛了的高中課本。晃著晃著，看見媽媽要出門了，順口問：「你要去哪？」

媽媽要去巷口買水果，也就順口問：「要跟我去嗎？」我其實已經很久沒跟媽媽一起出門上街了，但想想出去晃晃，似乎比在家裡晃稍好一些，就去找鞋穿了。

到了水果攤，老闆一眼看到我身上穿的制服，注意到上面繡著代表三年級的三條槓。「啊，三年級了，快考試了？」我客氣地點點頭。老闆又説：「建中的，沒問題啦，一定上台大。」我趕忙搖搖頭回答：「沒有那種事！」然後，老闆問：「那是準備要當醫生，還是要念電機？」

那個年代，聯考分成甲乙丙丁四組，甲組是理工科，排名最高的是台大電機系；丙組是醫農科，排名最高的是台大醫學系。一般「正常」的男生，都選擇念甲組或丙組，所以會有水果攤老闆這無心一問。

但偏偏我不是個「正常」的高中男生。我屬於我們學校大概只占百分之四的少數異類，選的是乙組文科，而且填的第一志願還不是更有前途更好看的外文系，而是歷史系。

水果攤老闆突然一問，我正準備回答：「喔，我念的是文組班……」話還沒出口，一直低頭挑揀芭樂的媽媽猛地先說話了，她抬起頭來，誇張地擺著手，對老闆說：「啊，還沒有決定啦！」

我嚇了一大跳，而且發現：顯然媽媽也嚇了一大跳。我們兩人都一時不知該如何應對媽媽口中直覺跳出來的謊話，從買完水果到走回家，兩個人一句話都沒有說。

回到房間裡，我情緒激動，因為理不清自己為什麼激動而更加混亂激動。坐在床沿，我強迫自己整理。至少十分鐘過去，勉強整理出第一條：原來媽媽覺得我選擇念文科，是件見不得人、丟臉的事。

可是在過程中，從我高三要轉文組班，到我跟她領聯考報名費，她從來沒有表現過一次反對，一次都沒有。爸爸有過意見，但也只有簡單的一項：「儘量不要去念政治。」如此而已。對父母那輩的台灣人來說，政治還是個會惹禍、危險的行業。

我竟然從來不知道媽媽反對我念文科！不，我不知道的事還多著呢！我不知道，我從來沒有想過，媽媽身上可能承擔的壓力。我自己刻意不在乎社會上將一個念文科的男生視為「怪物」的眼光，覺得抗拒這種眼光才是更值得追求的目標，但我從來沒

這應該就是我剛考完大學時拍的全家福照片。

有想過，原來媽媽也要應對別人認為她養出了一個「怪物小孩」的眼光。

做一個怪物，是我自己的選擇，卻不是媽媽的選擇。在那脫口而出的謊言中，我明白了：媽媽何嘗不希望我「正常」些，別那麼「怪物」呢！

理解了這件事，一度讓我憤怒，原來媽媽也跟別人一樣想！不過憤怒只維持了幾秒鐘，繼之而起的是深沉的哀涼，我早該明白，只是我一直在逃避，媽媽本來就沒有道理真正體會我在想什麼我在幹嘛，並且記起了赫曼・赫塞小說《彷徨少年時》裡的那聲疑惑吶喊：「我不過只是想要過自己的生活，為什麼會如此困難？」

再繼而，我的眼眶紅了，因為意識到：多大的包容，才讓媽媽沒有像其他同學的父母一樣，規定我一定要走他們想好的路，禁止我去追求他們無法瞭解的東西，還願意因此承受壓力，不將壓力轉嫁給我？

這是我不會忘掉的母親節，或者該準確點說：母親節的前一天。

不打麻將，要幹啥？

❖ 馬家輝

香港很早便開始流行慶祝母親節了，早到我七、八歲時已有印象，那應是四十年以前的事情了。我們的年齡是隱瞞不了的，對嗎，其他兩位同樣出生於一九六三的作家同業？

小學時代，每年到了四月底五月初，學校老師都會說，母親節即將來臨，所以這個星期的作文題目是「我的母親」，也要畫一張圖畫，畫完，帶回家送給自己的媽媽。於是，我就寫了，也就畫了，寫什麼和畫什麼早就忘記了，只記得，媽媽真是好，她從來不批評我寫得不好或畫得不好，因為，她從來沒有認真去看。

這樣說絕對沒有半分埋怨或不敬，相反，是羨慕，羨慕她的豁達性格，廣東話叫做「大情大性」，從不焦慮，從來不把事情看得過度嚴肅重要，有也行沒也罷，都可以，反正，活著就好，即使死掉也無妨。

母親七十歲了，生平看得最重的事情恐怕只是一個「賭」字，主要是打麻將和到澳門賭場，從二十歲到如今，賭博一直是她的生活主旋律，without apology，毫無愧色，毫不歉疚，始終如一。

舉個誠實的例子吧。我出生後大約三、四個月，她把我抱到親戚家裡串門子，聊不到五分鐘，當然是坐下來打麻將了，我便被放在睡房床上，無人看管，不知如何，到她竹戰結束，竟發現我躺在地上而不是床上，臉色青黑，不哭不鬧，但呼吸困難。她嚇到了，馬上把我送到醫院，直進加護病房，醫生對她說：「目前情況尚未穩定，能否脫險，難說，你們不妨先回家，等消息，如果晚上收不到電話通知，便應表示度過危險期，有救。」

母親唯有哭著回家，眼睛有沒有哭腫，我沒問她，但許多年後憶及此事，她聳肩淡然道，那個晚上也真難過，返回家裡，百無聊賴，睡不著覺，只好再打麻將了，一直打到天亮都聽不見電話響聲，便放心了。

我是難以理解的，忍不住質問：「我是你的兒子啊，躺在醫院裡生死難卜，你還有心情打麻將？怎麼搞啊，你？」

母親皺眉回答，臉上表情很明顯是難以理解我的難以理解：「不打麻將，要幹啥？我又不是醫生，坐在家裡也救不活你，不打麻將，漫漫長夜豈不更難過？打麻將有罪嗎？生有時，死有命，我能如何？」

坐在麻將桌面前的母親，顯然是快樂的，即使輸錢亦有快感，這是所有賭徒都明白的被虐待心理，毋須佛洛伊德費言解釋。為了打麻將，她或許把世上能說的謊言都說盡了，許多時候還要孩子們幫忙，譬如說，不知道曾有多少個傍晚黃昏，她在外邊打麻將，明明說好要回家煮飯或帶我和姐姐和妹妹出外吃晚飯，但因打完十二圈還要再打十二圈，回不來，不回來，索性只打電話回來，對姐姐道：「你拉開我的睡房抽屜，取出十五元，帶弟弟和妹妹去買叉燒飯盒，假如爸爸打電話回來，千萬別接聽，要到八點後才接，告訴爸爸，我回來過，跟你們吃完晚飯後才再出門打牌……」

父親那年頭是某報的總編輯，從早到晚困在報社忙忙忙，只能偶爾忙裡偷閒致電回家跟子女聊聊天，但因那是尚無手機的黃金時代，母親遂有說謊空間，我們也可幫

母親十八歲，參選「工展小姐」。我從來不敢問她是贏是輸。

忙圓謊，而酬勞是，如果她打牌贏了錢，回家後會付我和姐姐二十元港幣；謊言有價，這道理，我從小就懂。

但世上沒有永遠不被拆穿的謊言，父母親終究會因賭博吵架，也有吵得不可開交的時候，記得有一回，媽媽哭了，哭罵道：「你現在竟然責怪我濫賭！你不想想，當年我什麼都不懂，是誰教我打麻將？是誰帶我去澳門賭場？還不是你！是你！你你你！」

父親啞口無言；我們，子女，更是。

幸好夫妻恩怨難了難斷，也沒必要輕易了斷，要緊的是，哭過了，可以笑回來，可以有機會重新再笑，便夠了。每回吵完架，很快，母親便又「牌照打」，重投竹戰之樂，有時候甚至跟父親和我和姐姐一起坐在麻將桌前，在一百四十四只麻將牌的啪啪響聲裡暢聚天倫。

所以，這麼多年以來，我送過三、四十份母親節禮物，有大有小，有輕有重，有外買有自製，而其中最令我自己印象深刻、最令我媽媽感到貼心的一份禮物必是那個「麻將蛋糕」：我請餅店師傅在蛋糕上噴了「中」、「發」、「白」三張麻將牌奶油圖案，祝她永遠快樂、打牌快樂、不管是贏是輸，都快樂。

活在麻將裡，我媽媽真是一位快樂的女子。

沒有了母親的母親節

❖ 胡洪俠

曾經有那麼幾年，一聽到河北山東一帶大風降溫、大雨成災或口蹄疫蔓延之類的消息，我馬上就想給父母打個電話，提醒他們關好門窗，沒事少出門，買肉別光圖便宜。可是，就在一、兩秒鐘之間，我立刻意識到，這樣的電話不必打了，再也不用打了，永遠沒有機會打了。

逢年過節也一樣。父母離世後，有那麼幾年，每逢春節，我先想到的總還是「默認程序」：買票，回家，團圓。要到很多年以後才習慣：這些其實都不用想了，再也不用想了。

母親節卻是個例外。此節一到，我總是思來想去，備感困惑；困惑之後就再思再想。大陸過母親節，該是上個世紀九十年代左右時興起來，我則是來深圳後才知道世上還有母親節一說。看到同事伸手掐來算去，說五月份的第二個星期天一定要給媽媽打個電話，我就猶豫：要不要也給母親打個電話？可是，電話裡怎麼給我老母親講清楚這母親節的緣故？比如，是不是要這樣說：「娘，今天是母親節，您自己的節日。按理說，這一天您什麼也不用做，光快樂就行了。菜我們買，飯我們煮，酒我們給您滿上，飯菜我們給您端上。按規矩呢，今天家中花瓶裡要有忘憂草和康乃馨，那也應該是獻給您的……可是，我回不去啊，只能電話裡祝您節日快樂了。」電話那頭，我的母親會怎麼回答我？

我想像得出來：聽了這番話，她一定滿臉惶惑；她一定不信端午中秋春節之外還有這門子節日；她一定會搖搖頭笑一笑表示當娘的輪不上這等好事；她一定會說：「別胡說八道了，想吃麵筋吃藕夾吃肉包子吃鹹鮁魚燉粉條你就回來，用不著瞎編個節日哄我。」

那些年的母親節，我終究沒有打過電話。我的母親，終其一生也就不知道這個世

八十年代初我陪母親逛衡水的公園。她這一生，我陪她的時間太少了，每思至此，後悔不已。

界上還有為她準備的節日。如今我常為此自責不已。母親確實是應該過一過母親節的。記憶中每逢節日母親總是最忙，她忙的是讓全家人過節，她本人就成了節日的一部分。如果節日是一台戲，她就是主持人，要宣布很多節目開始；她還是演員，幾齣壓軸大戲是非她來唱不可的；她又是警察，得裡裡外外維持秩序；最重要的，她是指揮，從廚房到飯桌，從為列祖列宗準備供品，到分糖果壓歲錢給孩子們，她都得發號施令，指點江山。她絕沒有機會在觀眾席上靜靜享受節日的氣氛；換句話說，節日大戲一上演，除了不在觀眾席上，她有可能在台上台下的任何地方。她何曾真真正正輕輕鬆鬆過過一個節呢？

現在想來，積存在記憶深處的節日之快樂，並非全由節日帶來，很多實由父母創造。這樣的快樂，雖然無法重現，也總可以重溫。唯獨母親節，對母親來說是無從快樂的空白，對我而言，是無從改正的疏失。母親節是一個空頭帳戶，我沒有向其中存儲過祝福，母親也沒有從中支取過安慰。如今，沒有了母親的母親節一到，我只好默默地在想像中為母親過節了。

我常常會想，如果當初我有心給母親送份母親節禮物，送什麼好呢？我不記得母親表達過她喜歡什麼，想要什麼。去年我曾想過應該給母親買架織布機。花瓶裡的花花草草她自然也喜歡，可是她更喜歡在織布機上織出好看的圖案來。從年輕到老，她那麼喜歡織布，織出的布又那麼有名，可是她從來也沒擁有過自己的織布機。

今年我又改了主意：或許，我應該給她買一匹大紅的綢緞才對。十歲左右的時候吧，有一次我在母親常用的一個包裹裡亂翻，翻出了一塊紅綢布。當時就想，這麼好看的綢子，女生紮辮子應該不錯。於是偷了出來，剪成很多條，分送給了班上的幾位女同學。不知怎麼，母親就知道了，火冒三丈，咆哮了我一個晚上。這是記憶中母親對我最凶的一次，我躲在炕上不敢還嘴，只自哀自憐地抽泣成一團。我至今不明白那塊紅綢布是什麼來歷，究竟有什麼重要用途。但是我清楚：母親發那麼大的火，一定有她的道理。如果——唉，只能是如果了——母親健在，今年的母親節，我一定要去買一匹，不，十四、一百匹大紅的綢緞獻給母親。我願意用紅紅的綢緞把平平的房頂鋪滿，把方方的院子鋪滿，把長長的胡同鋪滿，把寬寬的大街鋪滿……只要母親活著，而且快樂。

12

電車

搭地鐵進城，進了中國城

❖ 楊照

真是土啊，一直到二十四歲第一次出國前，從來沒有搭過都市內的捷運電車。

一九八七年，算算距離人類開始發展地下鐵電車，已經有將近百年的時間，我才第一次在美國波士頓，搭上了從劍橋市進城的紅線地鐵。

地鐵遠比我想的更搖晃不安。離站不久就是一個大轉彎，鐵輪子在鐵軌上發出可怕的摩擦聲，加速減速停站，都有不小的動盪。不過，當然還是比那時台北的公共汽車好多了。台北的公車十輛裡面大概有七輛，在馬路上玩特技，急起步急煞車急換道急轉彎，司機只管搶時間賺獎金，絲毫沒把車上乘客放在心裡。

一九八七年，正是我最熱中於社會改革與反對運動思考的年代。在波士頓的地鐵上，我忍不住又義憤填膺地想了：就是因為國民黨自欺欺人地長期宣揚要「反攻大陸」，不切實際地將未來全設想為要回到「大陸」，所以從來不曾真正看重台灣，拿台灣當只是一時棲居的「跳板」，才讓台灣的基礎建設嚴重落後。台北的人口，早就超過原本都市規劃的限度了，卻遲遲無法有像樣的都市公共運輸系統……

轉著這些念頭的時間中，地鐵到站了，帶路的學長招呼我下車。要不是住同一棟宿舍的學長好心邀約，我還真沒那麼大勇氣自己來搭地鐵，也不曉得搭地鐵要去哪裡。學長有很明確的動機搭地鐵進城——到波士頓的中國城打打牙祭，並且購物儲備未來兩週下廚的食材。

我不辨東南西北地跟著走，走過一條顯然應該繁華熱鬧，卻在黑暗打烊後帶點恐怖安靜氣息的百貨大街，拐了個彎，突然街道亮了，行人也多了，更重要的，街上響起嘈雜紛亂的聲音——中國城到了。

那也是我第一次到海外的中國城。第一印象卻非但不是熟悉溫暖，反而是比走在校園旁的路上，更深刻的奇異陌生。正因為應該覺得熟悉，就更壓抑不住那突顯的陌生刺激。在中國城，學長和我，我們仍然是少數異類。大部分的人，講的是我們聽不懂的話，穿的是和我們不一樣，不中不西的服裝，甚至他們手上好像一定要拎著提袋走路的步伐，都跟我們不一樣。

進到餐廳，侍者用帶點無奈又帶點嘲諷的態度，聽我們用普通話點菜，彆彆扭扭地回兩句腔調濃重的普通話，轉過身，立刻用廣東話大聲對廚房吆喝，感覺上好像是急著要發洩、釋放被迫講普通話的委屈般。

等著上菜時，我心底偷偷懷疑：幹嘛費那麼大力氣跑來這裡啊？讓我自己決定，我不會想要來的，會不會學長也只是覺得該讓我來見識一下，才勉強走這一趟的？

不過，菜上來，夾了第一口菜入嘴裡，念頭馬上改變了。哇，多久沒有吃過這麼好吃的東西了？再吃第二口，不對，應該是問：曾經吃過這麼好吃的東西嗎？

吃過飯，隨學長進到一家門面看來完全不起眼的商店，馬上有各式各樣氣味撲襲而來，最濃的是新鮮菜葉與醃製發酵品的混和，中間還夾雜了更多無從分辨的其他成分，嗯，這也是我一輩子從來不曾有的嗅覺經驗。

學長很清楚他要買些什麼，他結賬了，我還迷失在商店的貨架間，正分不清糯米粉和碾米粉到底有何差異，該離開了。當下，我腦中浮上和剛剛完全相反的想法，戲劇性逆轉近乎荒謬——我一定要再來這個地方，可能的話，明天就來。

未來一年多，我一次次搭上地鐵紅線，回到中國城。後來自己買了二手車，改成開車前往，一次又一次。弄清楚了那家商店沒有邏輯的置貨邏輯，認識了許多從來不曾遇過的南北食材；進了大大小小的餐廳，帶著歉意地用普通話加一點點蹩腳的廣東話單字跟店家溝通，那變成了我留學生涯中特別值得存記的一頁。

多年之後，去到香港，遇到朋友客氣地說：「抱歉，我的普通話說得不好。」我總是回答：「應該抱歉的是我，你的普通話比我的廣東話好太多了。」我心裡回想起的，就是在波士頓逛中國城的記憶，在那裡，廣東話是理所當然的王道，普通話是不太像話的外來入侵者，我真的曾經很努力地讓我的廣東話進步到可以在茶樓裡唸出所有點心的名字，但成就僅止於此，讓我一直耿耿於懷。

迷情電車

❖ 馬家輝

大約六、七年前，曾跟陳冠中聊天談到上世紀八十年代的經典電影《烈火青春》，我笑說深深記得其中一場戲，在電車的上層，湯鎮業與夏文汐與張國榮與葉童，肉體糾纏，狂情蕩欲，荷爾蒙的火焰隨著車身搖晃一路燃燒過去，彷彿把黑夜燒成黎明，彷佛把青春耗盡就只是為了一夕風流，彷佛青春過後便無生命，彷佛電車以外再無世界，彷佛，這便是歲月盡頭，一切由此開始，也一切在此結束。

深深記得，只因當時，我亦青春；十九歲，亦待燃燒。

陳冠中先是沉靜地看著聽著，然後笑了起來，而他的笑，不懷好意，志在打擊我對這齣電影的浪漫記憶。果然，笑完之後，他柔聲細氣地說，這電影根本是一套「爛尾片」，譚家明把戲拍了不到一半已經幾乎把預算花光，電影老闆生氣了，一腳把他踢開，找來另外幾個人，大刀闊斧刪減劇情和拍攝結局，平地一聲雷地弄出了一個日本殺手，亂槍橫掃，把幾個男女主角全部殺光，OK，殺青，搞掂。

我聽得雙眼瞪大，一顆心往下沉去，萬料不到這部令我印象深刻的港產經典原來竟是如此粗製濫造。

可是我對電車上的性愛場面仍舊心存依戀，電影再如何爛尾，有了這幕戲，它便仍在我的心底占據關鍵位置。

我當然不是（或不承認自己是？）什麼電車痴漢之類色情狂，只不過，在香港長大，在香港灣仔長大，跟路軌拖曳的電車朝夕相對了這麼久，幾乎所有關乎親情與友情與愛情的經驗皆曾遭遇於電車廂內，獨缺色情這環，未免遺憾，而既然不敢於現實中落實，唯有抬頭望向銀幕，在別人的故事裡想像自己的快樂。譚家明安排了這場電車性愛，他所成功挑逗的，又豈僅我這位灣仔少年？又豈不是廣及所有跟電車有過緊密緣分的其他香港人？

或許在香港生活過的人，不論日子長短，都沒法對電車視若無睹。緩慢的一頭綠色巨獸，早年是單層的，其後變高了，變成兩層，變得更巨，但是相同地緩慢，車頂上牽掛著電纜，地面上延伸著路軌，在港島最主要的一條街頭上不理歲月轉移地來往前進，從殖民到回歸，超過一百年，行行停停，吱吱兀兀，別說親身坐於其中，即使站在馬路上旁觀，看久了，亦錯覺跟它有親。

在學校裡演的也都是慷慨激昂的愛國歷史劇。廣州淪陷前，嶺大搬到香港，也還公演過一次，上座居然還不壞。下了台她與奮得鬆弛不下來，大家吃了宵夜才散，她還不肯回去，與兩個女同學乘雙層電車遊車河。樓上乘客稀少，車身搖搖晃晃在寬闊的街心走，窗外黑暗中霓虹燈的廣告，像酒後的涼風一樣醉人。

張愛玲在《色，戒》裡這樣描寫王佳芝與電車的親密關係；到了李安的鏡頭下，幾位熱血男女索性步離車廂，走在暗夜街頭，沿著長長的路軌上漫步嬉戲，彷佛只要有了牢牢緊緊地鑲嵌在地面的路軌，整個世界便有規有矩，再亂，終究有個方向，讓你不至迷途。

搭電車而遇親人，是我最難忘的其中一幕童年景象。那是舅舅，其中一位吸毒的舅舅，年輕時是警察，抓毒販子，搜出了俗稱「白粉」的海洛英，不上報，自己拿去吸了，終於吸成了毒蟲，警察當不成了，倒須經常躲警察、被警察抓。有一段時間他曾住在我家，好像是剛離開戒毒中心，但過不了兩、三個月，又吸了，我還親眼看見他蹲在我家客廳地上，嘴巴咬著火柴盒，一隻手用錫紙盛載白粉，另一隻手用火柴燒烘錫紙，紙上浮起陣陣白煙，他背著窗戶的光，整張臉於黯黑中只剩瘦削如骷髏骨的輪廓，雙目空茫，望著我，笑。舅舅後來離開我家了，再去戒毒中心，出來後，又來借住，但隔不了多久便又把故事輪迴重演，在絕望的漩渦裡打滾浮沉。

那陣子，沒人知道原來他跑去當電車售票員，從早到晚坐在車上。媽媽帶著我和姐姐搭車，看見他，彼此高興了一會兒，他沒收我們票錢，並伸手摸摸我的頭，道：「舅父請客！舅父請客！」笑得好熱烈，眼神不再空茫，彷彿這是他生命裡最感自豪的一刻，他終於有了「請客」的機會，他是主人家，他擁有了做主的權力。

絕望的故事後來輪迴又輪迴，好多年了，我出國，再返港，沒見過他，只聞說他不斷進出戒毒中心，但不再像以前一樣經常上門借錢惹麻煩；大約十年前，某天，母親接完一通電話，對大家說，你們的舅父自殺了，跳樓，警察叫我們去殮房收屍。

電車上的心情

❖ 胡洪俠

慢車當然很慢，可是衡水到北京的那趟火車卻是特別的慢，總要八、九個小時，才能晃悠到永定門。拎起大包小包，出得站來，走不多遠，就能找到102路電車總站。上車的人總是很多，但是只要奮力擠上車去，不管有座沒座，在幾聲嘆息般地吐氣之後，在一串咣咣噹噹的關門聲後，這座城市就在我面前慢慢展開了。先是陶然橋北，然後太平街、虎坊路、菜市口北、宣武門外、西單商場、白塔寺、阜成門、甘家口、百萬莊、二里溝，最後一站是動物園。電車到終點，我還沒到要去的地點，還需

我生活了十年的那座小城，很長時間連公共汽車都沒有，遑論電車。到了北京，才知道電車的電是從哪裡來的。如今圖中的景象完全不存在了，都拆沒了。

換乘 332 路公汽。好吧，那就繼續前進：過白石橋南，過白石橋北；過了國家圖書館，一定是中央民族大學；前面是魏公村，前面的前面就是中國農業科學院。終於，中國人民大學到了。

上個世紀的八十年代末到九十年代初，前後三年時間，我無數次重複著這條漫長的線路，心情也隨之顛顛簸簸，搖搖晃晃。尤其電車這一段，十幾公里的路，總讓我觸車內窗外之景而生瞻前顧後之情。從永定門站上車的乘客，大都不是北京人吧。他們和我一樣，待車一出站，即開始東張西望，若有所思。首都啊。北京啊。我竟然在首都有了一張供我熟睡或失眠的床了，這讓我有些得意。想到這裡，我會把那張不能再小、不能再薄的電車票紙叼在嘴上。北京的年輕人是喜歡這樣叼著票的，似乎票一貼唇，「北京味」也就呼之欲出了：有那麼一點慵懶的樣子，那麼一點滿不在乎的樣子，還有一點宣示「我是本地人、北京是我們家」的味道，又有一點「我買了票，我不逃票，甭查我票」的瀟灑勁頭。

我希望自己也有這樣的味道和勁頭，可是，叼在嘴邊的票，卻改變不了我心情的複雜與矛盾。望著窗外流動的街景，對這座城市的陌生感，和自己在這座城市面前的自卑感，再次襲來。北京太大，大得我無從把握，無地自容。那滿眼的繁華和我有關係嗎？而且，我有機會留在這座城市工作嗎？我有創造這種機會的路子與本事嗎？「肯定沒有。」我想，「我以後的生活肯定不在這裡。那又會在哪裡？我該如何選擇？我該如何被選擇？我把票叼到嘴上又有什麼意義呢。」

售票員一站接一站報著站名，那一口「京片子」含含糊糊，順順溜溜，忽來忽去，不容置疑。車到虎坊橋，上車的本地人多了起來。話說有那麼一回，兩個妙齡「京片子」齊齊上車，嘰哩呱啦地聊著什麼，話頭你追我趕，馬不停蹄，話語交融無間，密不透風，簡直插不進一個標點。售票員過來驗票，她們愛理不理地從包裡掏出月票，有一搭沒一搭地晃了一下，既不看別人的臉，也不看自己的票，嘴一刻不停，好像比賽似地，唯恐自己分了心，讓對方占了上風。我覺得好笑，且真的笑出了聲來。突然，她們的話頭斷了，雙雙扭頭刺了我一眼。一個說：「嘿，這人，有病啊你。」一個說：「甭理他，土老帽。」然後兩人迅速重返戰場，一派「抽刀斷水水更流」的氣象。我把頭扭向窗外，思索著「有病啊你」這句話。這是個疑問句呢，還是判斷句？如果是疑問句，我該有所答覆才是；當然，如果是判斷句，我就沒什麼好說的了。我當然「有病」，不然這一刻我也不會在北京的電車上。

電車到校場口或者宣武門外的時候，我總想起附近的一個地名：琉璃廠。那裡的新舊書店我去過很多次了。如果我喜歡過北京，琉璃廠一定是第一個理由。在那裡的中華書局門市部，我買到過《蘇軾詩集》，心情大好。更奇妙的是櫃檯裡那位老先生，說話慢慢悠悠，有無軌電車的神韻，其口音絕非「京片子」，而竟是我的鄉音。我問：「師傅，你是衡水人吧。」老先生一點也不驚訝，只是問：「你聽出來了？你也是？」其實我早就知道，琉璃廠在晚清民初的時候曾有別名，叫「衡水街」，因這條街上的古董商、舊書商，原籍衡水的太多了，有名的像孫殿起、雷夢水就是。「現在琉璃廠的衡水人還多嗎？」我問。「唉，多倒是多，」老先生說，「但幹老本行的不多了。如今讀書的都不多了，賣書的能多到哪裡去？」

起碼我還算是衡水的讀書人吧。想到這裡，我笑了，但沒敢笑出聲。電車離動物園愈來愈近，人都急著湧向門口，下車再換車。唉，北京，原來就是我讀書途中上車、下車、換車的地方。

13 男廁所

菸味瀰漫的那間廁所

❖ 楊照

舊相本裡有一張照片，我穿著高中制服，坐在家中房裡的書桌前，臉上滿是笑意，嘴巴鼓鼓的，一口菸正準備要吹出來。

那應該是三姐幫我拍的。那時節，二姐、三姐和我，都抽菸，偷偷在旁邊巷子裡的商店買菸，剛開始很講究，買瘦長好看的More洋菸，但洋菸真貴，買不起時就只好降格買「總統牌」。但無論如何，絕對不買最暢銷、最多人抽的「長壽」。

通常是三更半夜，想必爸媽都睡了，將窗戶打得大開，椅子挪到最靠近窗邊的地方，點起菸來，記得每一口菸都要轉頭朝窗外吹，免得在房裡殘留太濃味道。

還有，點菸前，要把棉被、毛衣收進衣櫥裡，那都是很會吸味道、留味道的東西。衣櫥往往已經擠滿了許多未整理的物品，得費點周章才有辦法收納體積龐大的棉被。而且熄了菸將菸頭丟出窗外後，不管天氣多冷，都還得開了電扇，繞著房間四周吹五分鐘，才能躺下睡覺。

那麼多手續，費事得很，但值得。夾著菸，在桌上攤開白底綠格的稿紙，寫詩、寫小說，彷彿自己就離開了十七歲的時光，進入了另一個無法以年齡計算的生命階段，在那裡享受一種脫離大人管轄管束的快樂。我清楚記得，有一篇小說少作，叫《春雨三月》的，就是在一個飄雨的春天夜晚，連著抽了十幾根菸熬夜寫成的。天濛濛亮要睡時，感覺到自己的太陽穴猛力地鼓動，血管中鬧著尼古丁革命。

不過這種樂趣，很快就被爸爸破壞了。有一天放學，只有爸爸在家，坐在沙發上看報，抬頭對我招招手，輕描淡寫地用閩南語說了一句：「小心點，棉被別燒掉了。」然後就低頭繼續看他的報紙。

我愣了一會兒，等不到爸爸另外一句話。這就是爸爸，管教小孩都不願多說什麼。但也就夠了。原來爸爸早知道我偷抽菸的事，原來只要不把棉被燒了，根本不必費那麼大力氣去隱蔽抽菸的事。然而突然之間，省掉那些複雜手續之後，抽菸變得一點趣味都沒有了。熄了一根菸，久久忘了點起下一根，而竟然在稿紙上沙沙寫著的筆也並沒有停下來。

後來就只在學校抽菸，因為學校有不那麼寬大豁達的教官。抽菸最佳的地方，是校刊社辦公室。關了門，幾個編輯就點起菸來，高談闊論，談學校的傳統，談文學，談未來，好像有了菸，這些話題就不再那麼空洞，像模像樣煞有介事起來了。

不過很快地，高二過完了，新的一屆校刊編輯升上來，我們不能繼續待在校刊社了。

暑假到學校上輔導課，下課時，死黨們出現在教室門口，問：「去哈一管吧！」被這樣一叫，喉頭還真的有了反應，但問題是：去哪裡？校刊社的鑰匙已經移交給學弟了，暑假他們是不會來開門的。死黨們的回答：「廁所啊！」

而且是圖書館的廁所。原來一來那裡是全校離教官最遠的廁所，窗口就可以盯住教官的來路，看到教官人影還來得及做鳥獸散；二來圖書館旁邊就是僑生宿舍，鳥獸散後可以逃進僑生宿舍去，教官向來對僑生採取睜隻眼閉隻眼的態度。

那就去吧！一進圖書館廁所，就發現裡面早已菸味彌漫。三個人擠進一間廁所，留一個在外面探頭看窗外把風，我們把口袋裡的菸拿出來，點上了，深深吸了一口。糟糕，這一吸就同時吸進了廁所的味道。一種說不出來，沉積髒穢的氣味，不只是臭，或者該說，當然臭，但臭還不是最讓人受不了的。更可怕的是臭帶來的聯想，一堆人上廁所的模樣，在我腦中徘徊著，視覺與嗅覺的雙重折磨。

我試圖講講話來趕開腦中那些討厭的形影，然而開了口卻不曉得該說什麼，難道還能談人生、談詩或談高蹈的電影夢嗎？當三個人圍著一口蹲式馬桶站著時？更糟的是，一開口，我就無法阻止感覺那臭氣具體地從我嘴巴裡灌進去的想像，我變成了一個裡外都被廁所臭味包夾的，極其不堪的人。

我匆匆離開了，第一次發現自己有這種潔癖，同時連在學校裡抽菸的樂趣也徹底消失不存了，之後很長一段時間我不抽菸，因為不願再由香菸聯想起圖書館的那間廁所。

他們把口水吐在我的臉上

❖ 馬家輝

誰決定的題目啊，竟然要談男廁？

我猜一定不是楊照，他好像有輕微潔癖，性喜乾淨，不會招惹這類主題。最有可能是胡洪俠，因為前幾個星期我在寫「大陸」一題時談及北京廁所，他回了電郵，表示其河北故鄉的廁所百態遠比京城來得震撼，或許他有了靈感，特提此議。

然而，當我於下筆以前查看昔日電郵，赫然發現「男廁」二字竟然是我在兩個月前率先提出，我是始作俑者，而我竟又忘記，難道真是中年失憶？抑或是，曾經在男廁所內遭遇過一些什麼可怖事情，令我產生了「壓抑性遺忘」？

於是，我坐下，點起菸，托著腮，仔細回憶，回想在我生命裡出現過的某些男廁景象，那些潮濕的、暗黑的、充滿刺鼻惡臭的便溺空間，努力發掘被緊緊壓在記憶廢墟最底部的碎片和磚塊，情緒跟隨搜索的腳印軌跡一直往下沉、往下沉，從四十八歲開始追溯，年初，在東非肯亞首都奈洛比的一間餐廳，站在男廁尿池前，左右兩邊各站著一個高大的黑人，我抬頭看看他們，他們低頭瞄我一眼，兩股濃烈的體味衝過來把我悶困著，悶得我即使閉起眼睛亦深深明白，這是非洲，這是不一樣的族群，這是陌生的異鄉。

但這絕對不是令我壓抑遺忘的理由。再來呢，會不會，是三十四歲那年，在義大利拿坡里火車站附近的一間男廁，我在尿尿時，有個體形龐碩的女人走進來，白人，捲曲的金髮，但一看即知並非真髮，鮮綠色迷你裙，紅色 bra-top 小背心，黑絲襪，黑高跟鞋，我側臉瞧瞧她，她對我眨一下眼睛，嘴角牽扯出一絲曖昧的笑容，然後，大大方方地湊近我旁邊的尿池，伸手拉下絲襪褲頭，把身子站直，開始滴滴答答地解放體內水分。我大吃一驚，這便是傳說中的人妖，許多年前我在曼谷見過碰過，但那只是亞洲型號，個子比我還矮小，眼前這個卻是歐洲血裔，體格魁梧，一隻巨大的手掌足以把我按壓到牆上，令我心底暗暗湧起一股恐懼的刺激感。

但這也絕對不是令我壓抑遺忘的理由。於是我繼續努力尋找記憶倉庫，肯定不會是二十八歲那年，在美國芝加哥，在一個黑人公屋社區，我神經病地以「義氣」之名開車陪伴一位非洲裔女孩子買一些不應該買的菸草和藥丸，她進入大樓內許久未回，我忍不住了，到一間披薩店買汽水並順便借廁所，一進門，臭氣沖天令我失足，一頭撞到牆上，額頭腫青一大片，晚上回到家還不敢對妻子直說原委，隨口編個理由便蒙混過去，那年頭，她還很信任我，而我則驚恐了整夜，想像萬一那時候出現警察，把黑人女子抓住，我必連帶受累，前途盡毀，唐人街的華文報紙亦必出現「華人留學生被捕」新聞標題。

那麼，到底什麼是我最難以忘記卻又不願記起的男廁回憶呢？把時間軌道再往前推，二十五歲，二十歲，嗯，差不多了，很接近了，十八歲，十七歲，十六歲，十五歲，終於推到十四歲那年，突然有兩張猙獰的臉容在我腦海晃動搖擺，像峇里島廟會巡遊隊伍裡的兩副魔羅面具，但又明明是真實的人臉，有牙齒，有鬚渣，甚至有鼻毛有體味，更有唾沫有口氣，我想躲開，可是不知道是因為不敢抑或沒法，總之只能停在原地。

是了，十四歲那年確實有這樣一幕情景，在中學三年級，在課堂與課堂之間的小休時間，我走進男生廁所，班上兩個身材高壯的留班生跟進來，不知為了什麼原因，拳打腳踢地把我欺凌一番。我記得他們朝我臉上吐口水，又用一枝雨傘敲打我的頭，我哭了，無助地逆來順受。我記得其中一人的混號是「高佬」，另一人叫做「黑鬼雄」，都是那種每個班級都要讀兩年才升得了班的流氓學生，所以已經十七、八歲了，而我又剛好是那種到了十五、六歲才發育長高的孩子，理所當然成為他們的最佳暴力相向對象。

所有欺凌都會結束，所有孩子都會長大，他們後來都沒畢業便離開了學校，我卻半輩子留在校園，從學生到人師，從中學到大學，幾乎每天都在學校出入。那是非常痛苦的欺凌經驗，日後在成長歷程裡的多少憤怒、幾許自卑，或許皆跟它有著若干關係，曾有一間男廁所，我是多麼憎厭它，憎厭到我極想極想忘記它，然而我心知肚明，它仍在那裡，在校園暗角，忘不掉，它的臭氣，仍然緊隨於我身後。

神祕的調令

❖ 胡洪俠

一九八一年，我在河北省故城縣建國中學當過半年老師，教語文教英語外帶復習班的政治歷史地理——多面手啊，厲害吧。說起來這都整整三十年前的事了。上個月底，在衡水見了幾位我當年的學生。他們說，建國中學早就搬了多少年了；建國中學這個名字也都不存在了，和祖楊中學合併了。我問：「那麼，咱們老學校西南角那個男廁所也不在了嗎？」他們一愣，面面相覷，共同莫名其妙。過了幾秒鐘，才有一人笑著說：「胡老師，不僅男廁所不在了，女廁所也不在了。」另一人接著問：「怎麼回事啊胡老師，這裡面有故事啊？」

確實有故事。不過故事並不發生在男廁所。那只是故事的開端。

那年的冬天，元旦前的一天，我課間抓緊上了趟廁所。正蹲在那裡思緒萬千之際，校長進來了。

「哦，胡老師，剛下課？」校長打了個招呼。

「是啊是啊。校長去縣文教局開會回來了？」我也趕緊寒暄。

「可不是，剛回來。」

然後就沒什麼話了。校長動作麻利，來去匆匆。剛要出廁所門，又停住了，頭也沒回，邊繫腰帶邊對著廁所南牆問了一句：「胡老師你衡水有親戚嗎？」

「沒有啊。」

「那就算了。」校長的身影迅速消失了，只留下了幾聲咳嗽。他好像一年四季都在咳嗽。

衡水？親戚？衡水原本應該有親戚的，如果女朋友沒有飛掉的話。她家嫌我無能調入衡水，所以親戚也沒做成。可是……可是校長為什麼問這個問題？難道她家回心轉意，找到學校來了？我一陣心慌意亂，趕緊結束戰鬥，循著遠去的咳嗽聲追了出去。

「校長校長，」我氣喘吁吁，「什麼意思啊？為什麼問我衡水有沒有親戚？」
「沒什麼，」校長勉強笑了笑，「既然沒有親戚，那他們可能搞錯了。」
「什麼事搞錯了？咱能不能說明白點啊？」
「嗯，」他清清嗓子，以保持語調的風輕雲淡。「縣文教局那裡有你一張調令，是《衡水日報》來的。都好長時間了，你也沒去辦，還剩一天就到期了。你要是衡水沒什麼親戚，那去衡水幹什麼啊。在這裡當老師多好。」
「我根本不知道有這回事啊。」
「局裡也是剛告訴我，可能那個地方搞錯了。這事你別放在心上，去上課吧。」
「可是……」那可是《衡水日報》的調令。那還了得。那是我多麼嚮往的單位啊。那個門口我上學時無數次經過，都沒敢進去過。那叫什麼什麼的同桌在報上發了個豆腐塊都狂妄成孫犁了。那什麼……「校長，」我興奮得有些結巴了，「我，衡水，其實，有有有親戚。我得去看看那調令。我倒是不、不怎麼相信《衡水日報》會調我去。可是我得弄明白這這這怎麼回事啊。」
校長說：「唉。你要想去，就去吧。」
第二天，是大風天，很冷。風從縣城所在的北方吹來。學校離縣城三、四十里路呢。而且，那路，坑坑窪窪，風起處塵土兮飛揚。天不亮我已經逆風而上，軍綠大衣棉手套口罩圍脖全副武裝，騎車直奔鄭家口。一路之上，腿腳不停，腰背深彎，風聲在耳，心懸半空。許多疑問，一思再思，百思而不能得其解。我沒有親戚在《衡水日報》。我沒有親戚在衡水。我也沒有親戚在縣裡。《衡水日報》怎麼可能將調令發到我頭上？別是校長把調令上的名字看錯了吧。不會不會。老天在上，到底是何方神聖突然皇恩浩蕩了。是她？是她家？不會不會。如果是，她一定會告訴我的。為什麼都到了最後一天才通知我啊？是校長搞鬼？不會不會。搞鬼就不會有廁所一幕了。是文教局不想放人？不會不會。真不想放直接壓下調令連校長也不用講了。那這一切究竟而且到底是怎麼回事呢？

風吹得自行車東倒西歪，我的思路也隨風七拐八拐。一切都沒有想明白的時候，猛一抬頭，縣文教局到了。人家剛上班，打熱水的，掃地的，升爐火的，每個門口的棉門簾都忽開忽闔，自有一種威嚴和神祕。我找到人事科，說明來意。那科長或者科員點上一支菸說：「就是你啊，怎麼才來啊？再不來這調令就成廢紙了。」

我捧著調令看了又看，然後藏在口袋裡，踏上了歸程。歸程是順風啊，自行車好像不用蹬，就真的自行起來。風中的冬陽很可愛。路兩旁禿禿的楊樹柳樹很可愛。顛顛簸簸的路面也很可愛。《衡水日報》很可愛。這調令，很可愛。

簡單解說，當上記者之後，我漸漸瞭解了這「神祕調令」的前世今生。原來一切都很簡單：那年《衡水日報》要招人，去了我們學校。校團委書記念我在校期間當了一段團委「非正式宣傳部長」，又愛寫點東西，就推薦了我。這樣的事，在當時都是傳奇，何況今日。

14 女同學

宿命無緣的女同學們

❖ 楊照

大學四年級寒假，男生都參加了預官考試，女生很多都在苦讀準備即將來臨的研究所考試，突然之間，人生下一階段的變化擺在眼前，即將畢業離別的氣氛籠罩了大家。

下學期開始不久，就開始籌劃謝師宴。當時學校各系慣例的做法，是去大飯店訂位吃自助餐，還要盛裝出席。前幾屆歷史系謝師宴場面有點尷尬，老師的出席率不高，系上同學，尤其是男同學，出席率更低。老師們是考慮到大飯店的自助餐所費不貲，不好意思讓同學們花那麼多錢。男同學呢？看不慣女生們打扮得花枝招展的模樣，更重要的，自己的衣櫥裡找不到像樣的「盛裝」來。

我們班上幾個勇敢又有個性的同學，決定換不同方式來辦謝師宴。不去大飯店，借用學校福利社樓上的空間，然後自己去張羅吃的、喝的東西。女生負責買來一大桌子的熟菜，自己擺得漂漂亮亮的；男生則負責去搬運一、兩百支「台灣啤酒」，找來幾個大水桶，桶中裝冰塊冰啤酒。當然，這種連冷氣都沒有的場地，大家穿T恤短褲來最適合。

簡陋，帶點草莽氣息的謝師宴，卻有空前多位系上老師捧場參加。而且席上大家無拘無束，就連女生也慷慨地灌下幾杯啤酒。晚宴到十點鐘，人家福利社要打烊了還捨不得散，好幾位老師老淚縱橫，對我們說出課堂上絕不會說、清醒時也說不出來的話，其中一位老師步履蹣跚，走下樓梯堅持要往和宿舍完全相反的方向，怎麼勸怎麼拉他都不信家在另外一邊。

謝師宴之後，十幾個同學換到民生東路繼續聊天，聊到快天亮。大家半醉半醒，又哭又笑，用誇張的方式說了心底的話。我聽到最多的，是女生抱怨：一、兩年來根本不太碰得到我。很多日子我都沒在學校，準確地說，我都混在別的學校——遠在新莊的輔仁大學，那是我女朋友念的學校。就算到了我自己的學校台灣大學，我也通常都窩在圖書館看自己的書，很少在課堂上出現，難怪她們碰不到我。

混在輔大，是我的特殊習慣，但不去上課，課堂上不見人影，那可是系上男生的共同毛病。於是也有女生趁著酒意半認真半玩笑地問：「我們有那麼可怕、那麼討人厭嗎？你們一定要躲我們躲得遠遠的？」

我抓抓頭，不知該如何反應，心底其實是珍惜這些同學的，記得大一剛入學時大家還快快樂樂很是玩混了一陣子；但另一方面，在心底的深處覺得和她們有距離，無法自自在在地和她們溝通，卻也是事實。

再過幾天，系裡的學弟妹們辦了一場「送舊會」，在一家茶藝館裡。有了謝師宴的共醉經驗，我們班畢業分手前變得格外親近熱絡，連我這樣的游離份子都被拉去一起參加「送舊會」了。我和一位教思想史的老師分在同桌，正起勁地討論著如何看待錢穆先生對西洋歷史文化的意見時，突然間聽到負責主持的學弟叫了我的名字，點名要我給學弟妹留幾句「臨別贈言」。

我全無準備，接過麥克風時還是腦中一片空白。開口說話，不知為什麼，眼前閃過那位問「我們有那麼可怕、那麼討人厭嗎」的女同學的面容，突然我知道要說什麼了，清清楚楚透澈明晰。

我首先向班上的女生表示謝意與歉意，四年來沒有好好跟她們相處，還得到她們寬大包容。接著我試著解釋，我們班男生女生處得不好，其實是有宿命原因，不受我們個人意志控制的部分。

念歷史，在大學選擇文科，在女生的成長中，是理所當然的事。在那個時代，社會預期成績好的女同學就是優先選擇文科。所以通常都是相對比較乖、比較順從的女生會進入文學院。但男生卻大大不同。念文科的男生，是別人眼中的怪物，要麼智力發展有問題應付不了數學物理，要麼心裡有毛病喜歡軟趴趴的文科知識。被同學歧視、被學校忽略、被家庭反對。因而會堅持克服這層層困難考進文學院的男生，必定有著強烈的叛逆個性，以及一意孤行的決心。

這樣的男生，和那樣的女生，先天上就有太大的差距了，要如何親近互動？當情人做情侶或許還可以，當朋友就困難重重了！

我最後結語懇切替系裡的男生拜託：請女同學們體諒他們都是和社會搏鬥過，渾身是傷的人，就多包容他們一點吧！

即席講完了，下台時我看到班上女同學紛紛對我露出了恍然大悟、安慰的笑容。

粽子，以及溫柔，還有暴烈

❖

馬家輝

端午節將至，近幾年在香港出現了一種叫做「豬頭粽」的東西，我不太清楚是什麼東東，曾經買回家煮熱試吃，粽內肥肉甘香鬆軟，好是好，甜是甜，但恐怕不利健康，膽小的我，吃到一半便放棄，即如許多世事，試過便算，沒必要試到底。

還記得那回吃著「豬頭粽」，舌底忽然湧起一陣記憶，想起在台灣的一些粽子舊事。舌底的記憶往往比頭腦的記憶更真實，也更來得突然，叫你毫無防備的能力。

那是大學一年級的青綠歲月，剛從香港到台灣讀書，上世紀的八十年代，年輕男女尚算純品，住在宿舍的大學生慣於互相照顧，尤其對像我這類飄洋過海的「僑生」，更喜嘘寒問暖，經常付出國語文藝片式的氾濫愛心。

這樣說，有點沒良心，但又確是事實，因為許多同學於週末返家度假，星期一回來校園，總會帶上一堆自家泡製的茶葉蛋、滷肉飯之類雜食讓我們分享，好是好，甜是甜，只可惜少年的我根本對吃食之事全不在意，每天早午晚只求胡亂塞飽肚皮，務把所有時間精力放在讀書寫作和談戀愛之上，面對滿桌食物，不覺歡喜，反而視之為打擾。

所以，你可以想像，過完端午假期，當同學們紛紛塞來他們的媽媽姐姐姑姑姨姨所包裹的台灣粽子時，我的心情是如何不堪。我必須禮貌而堅決地逐一告訴他們，謝謝你，心領了，我真的對粽子毫無興趣，而且你送他送她也送，我不可能吃得下這麼多。

當我說畢，同學們的反應通常亦是堅決而禮貌，非要我收下粽子不可；可能他們以為我只是客氣，天下沒有不愛吃粽的人，人間也沒有拒絕粽子的理由。就這樣，我只好勉強收禮，然後暗中將之分送給其他「人緣」稍差而無粽可收的僑生，年輕的我總覺由此欠下了許多人情，心頭沉甸甸的，頗不自在。

咳，要說回這一天我在吃「豬頭粽」時所記起的事情了：有一天，正當我努力拒絕一位女同學送的粽子，她怔怔地望住我，瞪起一雙林鳳嬌式的大眼睛，起初是驚訝，接著是哀傷，最後是掉下兩行滾滾熱淚。

「你不喜歡跟我交朋友了？」她邊哭邊問。

原來粽子之於她竟是寄情之物，她送的其實不只是粽。

我真的忘了自己當時如何回答而令她停止流淚，但清楚記得，後來背著女朋友跟她拍了大約三個月拖。我吃掉的，不只是她的粽子，好久好久以後，仍然清楚記得她舌底的溫度與溫柔。

然而看見粽子也不一定只聯想到溫度與溫柔，有些時候，至少曾有那麼一次，想到的是殘暴與暴烈。那回途經港島銅鑼灣靠近時代廣場的一間食肆，時近端午，看見門外貨架上堆滿大粽小粽，層層疊疊如蟹群，還以為它不合時宜地賣的是大閘蟹。那時候，不知何故，看見粽子如山，看見粽子緊緊地被草繩綁紮，腦海忽然浮現一位女同學的名字，那是中學的舊同窗，她的家，她以前的家，就在附近，就在波斯富街和駱克道的交界處，好久不見了，以後也不可能再見了，絕不可能。

為什麼？

這是我從其他舊同學口中和報上新聞拼湊而來的二手描述：中學畢業後，她升讀某大學，某天下午，下課回家，穿越滾滾紅塵，穿越人潮洶湧的銅鑼灣，她走到家居的大廈門前，等待電梯，上樓開門，但可恨的是，在開門的剎那竟有一個男子從樓梯暗角閃出，持刀威迫她一起進屋，然後做出種種不可想像也不敢想像的殘暴行徑，當她最後被發現，全身赤裸，身上綁著粗粗的繩子，懸吊在天花板的電風扇之下……

我本來完全不記得女同學的長相了，但當時當知道悲劇之後，很奇怪地，一張臉容慢慢在我眼前顯影，從迷糊到清晰，從朦朧到真實，慢慢地，我連她的笑聲和步姿都似乎有了明確的記憶。可是，我知道那絕對是假的，我只是被悲劇氣氛所震撼包圍，忍不住在腦海重建歷史，企圖替一個不幸死去的年輕靈魂追溯她的前世今生，然後，再替她畫上句號，如同於喪禮上撒潑一把沙土，對死者做出永恆的告別。

自此又再不記得她了。直到在街頭上，看見粽子，看見粽子上的繩子，彷彿被啟動了大腦內某個神祕的隱密的鍵，所有陰暗的恐懼的都搶閘而出。女同學，傷不起，生命猶如是。

空白

❖ 胡洪俠

幾年前的一個春節，回家過年之餘，突然想召集同班同學聚聚。畢業二十多年了，許多同學還是挺想念的。深夜難眠的時候，我曾試著按教室座位一一回憶出每個人的姓名，可是每次都想不齊全，總有幾個位置是模模糊糊的空白。女同學的名字倒是很容易想起來，是因為只有六個的緣故，還是她們個個特色明顯？

聚會那天，我和幾個在衡水的同學早早到飯店迎候。每來一位，都是一片喧譁，「老了」、「變了」、「胖了」、「頭髮白了」……驚呼聲不絕於耳。班長還是班長的派

1981年學校開春季運動會時拍的照片。圖中的女同學並不和我同班，但現在要見一面同樣不容易。

頭，一進門就發號施令：「怎麼都是你們這些傻小子啊，女同學通知了沒有？趕快催！」

「估計她們不敢來。」一個「傻小子」說道。

「有什麼不敢來的？」班長一本正經地說，「不就是變老了嗎？該黑的還是黑，該白的還是白，發胖也正常，還怕老同學嫌棄？一會見了面都要說人家年輕啊還這麼漂亮啊之類的，現在興這個。那誰？你那誰誰誰來不來？」

我們都笑了。我們知道「誰誰誰」是誰。

說起「誰誰誰」，我先想起

的，是她進教室的樣子：個子高，走路快，兩眼直盯自己的位子，唰唰幾步，就「衝刺」成功。我們還沒來得及看清她晃來晃去的短髮，她已端坐在課桌前。聽說，她和「那誰」在學校時已互相傾慕，但戀情極祕，外人全不知曉。畢業後要訂終身，無奈女方家長堅決不允，一度連面都見不成。苦戀幾年，淚流了不少，終於各奔東西。

聽見大家都笑，「那誰」繃臉沉吟道：「有什麼好笑的，有什麼好笑的。」然後轉移話題對班長說：「你那當官的老鄉也沒來啊。」

「你說她！」班長搖搖頭，「愛來不來吧。人家不是當了婦聯主任了嗎？現在當什麼官了？你們誰知道？當官的都忙。」

「你不是也當局長了嘛。別拿當不當官說事兒。」我對班長說，「不過，我倒是想見見這婦聯主任，我跟她還有一筆賬沒算呢。」

一幫人都好奇，紛紛追問我要和她算什麼賬。「她不是我的前桌嘛，」我說，「畢業考試考數學時，我先給她說好，說快交卷時讓我抄幾個答案，她笑著答應了。結果考試時我踢她的凳子，不斷給她發求救信號，她都沒反應，把卷子捂得緊緊的，堅壁清野了。多虧最後數學老師開恩，讓我到講台上抄了別人幾道題，不然慘了。」

這時有人說：「小張不是就在衡水嗎？怎麼她也不來？」

說起小張，我們馬上想起小米，歡樂的氣氛一下子凝重起來。小張小米來自同一個縣城，也都大方、活潑；開學放假，經常同來同回。外班同學經常議論，說他倆在戀愛，看見他們在離學校很遠的地方軋馬路。我們聽了都不驚訝，覺得是再正常不過的事。他們倆如不戀愛，反而奇怪。想不到的是，他們的戀情竟然也沒有結果。更想不到的是，畢業後沒幾年，小米騎摩托出了交通事故，屍體在公路邊停了兩、三天警方才找到他的家人。

「唉——可惜。小米就這命。」班長長嘆一聲，「算了算了，不說這些了，也不等了，邊吃邊等。上桌上桌，開喝開喝。」

於是，喧譁聲又起，碰杯聲叮噹。酒過三巡，在場的人把相互的事聊得差不多了，話題又轉向女同學。班長的臉已經酡然，但依然海量。說話如訓話，髒話是標點。「說起來啊，」他說，「還是小蘇的選擇對。」小蘇貌不如人，但心地善良，低調務實。畢業後聽說她和學校食堂的一位大師傅結婚時，我們都愕然，覺得她太自暴自棄了。「結果怎麼樣？人家現在好得很，家裡開個小飯館，小日子過得挺滋潤。你們這些人啊，」他一個一個地點評，「你，班主任給你介紹了一個比咱們高一級的女同學，多好，你還老跟人家幹仗。還有你，談不成就算了，現在的這個老婆也不錯，你幹嘛老看不上人家？對了，這幾個女同學怎麼還不來？平時也不聯繫。」他忽然停頓了一下，指著我說：「你過來過來。」

我們倆端著酒走到一邊。他說：「你好心召集老同學聚會，幾個女同學一個也不來，這不怨你。可是，這其中有一個，你知道我說的是誰，她不來，是因為通知不到。她跟誰都不聯繫，聽說去了北京了。我知道你最想見的是她……」

我盯著滿滿的一大杯衡水老白乾看了一會兒，然後一飲而盡。

15

瓊瑤

彷彿出自瓊瑤小說的人生瞬間

❖ 楊照

一本瓊瑤小說，尤其是小說中的一段情節，對我具有再真實不過的意義，帶著真實的沉重，一點都沒有夢幻的輕飄飄。

二十歲那年，一個微雨的夜晚，高中時一起辦校刊的一個死黨，突然出現在我家門口。那時我其實已慢慢從那個死黨圈裡游離出來了，因為他們幾個人迷上了打麻將，偏偏我沒有絲毫賭性。

舊死黨的表情極度抑鬱，沒有平常麻將桌上的光彩。我立刻猜到應該是感情上的困擾吧！我見過他女朋友，一個念物理系的女孩，漂亮，溫柔，看起來比大部分文學院女生更像文學院女生，但是滿腦子裝的，是讓質子能夠連結在一起的力能公式，以及微分方程的運用極限。

幾次在麻將聚會上遇到這個女孩，從麻將桌上敗下來的人，就去陪她聊天，當然，一定是我和她聊了最多。知道她和我的舊死黨是真正的青梅竹馬，小學就彼此吸引，國中時很自然就被視為一對了，高中時她留在台中念私立學校，成績夠好考上台大，兩人又在台北重逢接續舊情了。

微雨的夜晚，在我房間裡，舊死黨告訴我，女孩突然提出要分手，讓他傷痛欲絕。女孩說覺得對他的感情變了。女孩說他沒有錯，就是兩個人在一起再也沒有那樣的快樂。女孩保證沒有別的男生，但是他強烈懷疑物理系的一個學長是破壞者。女孩請他暫時別找她，但又不告訴他「暫時」究竟會有多長。

愈說愈激動，他竟說：如果失去了女孩，他一定會去死。我當然罵他，什麼樣怯懦無聊的念頭啊，一點也不像我所認識的他啊！然後他哭了，回罵我，說我什麼都不懂。然後他衝動地告訴我，他和女孩在高中畢業那個暑假發生了親密肉體關係，那震撼心靈的感受、那強烈的愉悅。他無論如何不能接受，這一切，都被背叛了，都變成

二十歲那年，和我從街上抱回來的貓合影。

沒有意義了。

我只能承認，這些我不懂。在那個年代，男女肉體關係對我仍然極其遙遠，我仍然相信，也只能想像清純的愛情，以為肉體關係是很久以後的事。我失去了勸慰他的語言，只能沉默地扮演聆聽者的角色，陪他走了將近兩小時時間。應該快午夜了吧，我答應他去找女孩，或許我能勸女孩別做那麼絕情的決定。

我到物理館去找女孩，和她漫無目的地走了好幾個小時的路。前面一段路，她抱怨著舊死黨的改變，說他如何沉迷於麻將，更糟糕的，沉迷於麻將中贏錢的感覺。連帶整天想的，都是考會計師、賺第一個一百萬。永遠聽不懂她在說什麼，更不關心她在想什麼。過了長興街之後，她改變話題講起楊振寧、李政道，以及左右不對稱原理。我回應以愛因斯坦的名言：「上帝是不擲骰子的。」和她討論了愛因斯坦提出的「宇宙常數」。講到一半，她突然轉頭問我：「你將來怎麼辦啊你？」我莫名其妙不知她在問什麼。她解釋：「念歷史就已經夠糟了，你還不好好念歷史，連天文物理你都有興趣，你怎麼辦啊你？」我哈哈大笑，回答：「反正懂一點天文物理的歷史學者，和不懂天文物理的歷史學者一樣沒前途，有什麼好計較的？」

她陪我笑了兩聲，然後就哭了。一直哭一直哭，在實驗農場邊空蕩蕩沒有其他行人的路上抱著我哭。不管我說什麼我問什麼，她都只是一直哭一直哭，什麼都不再說了。

正因為她什麼都不說，我懂了。清清楚楚，清楚得令我心亂如麻。那一刻，多麼該死啊，我腦中浮出的，是瓊瑤的小說，而且偏偏是《船》，偏偏是《船》裡面那個叫做紀遠的人。

明確的友誼、義氣和可能的愛情之間，如何選擇？我不知道如果當下沒有想起瓊瑤小說，如果想起了別的書別的事，我會不會有不一樣的選擇。但沒辦法，那個人生的瞬間，我仔細地感受、仔細地記憶她的體溫、她的哭聲、被她緊緊抱住的感覺，因為我知道，這刻過完了，就是完了，她還是、只能是，好朋友老朋友深愛的情人。

期待有個男子站在門外

❖

馬家輝

李敖曾經接受張小燕的電視訪問，復述了他以前早已說過的段子：在台灣，只有三個人能夠成名五十年而不衰，第一個是瓊瑤，第二個是你張小燕，第三個便是我李敖！

我知道我知道，你或許不太懂得欣賞敖之先生，但他這句戲言背後或有真意，真的，在寶島，能夠長年在普羅百姓而非小圈子裡盛名不墜的三個人，確是他們，而這，難道真的只是偶然？真的全無理由？真的沒有足供細味的、關乎社會集體情緒的某些心理機制？

我猜總有吧，讓我試試說說。

張小燕，占據了影視螢幕五十年，從年輕到年老，一直牙尖嘴利，也一直有兩道拿手好戲，首先，是她懂得哈哈大笑，有事沒事，張嘴狂笑，笑聲震天，笑得彎腰蹲地，彷彿人間所有悲情皆可在她的笑聲裡化為灰燼。

其次，是她擅於調侃作善，不管出席其節目的嘉賓是大牌或小牌、是男人或女人、是好人或小人，皆須有被狠狠踐踏的心理準備，台灣綜藝電視節目向來流行惡搞，張小燕其實是「惡搞界的祖師奶奶」，什麼胡瓜什麼吳宗憲什麼蔡康永都只是她的徒子徒孫。

是的，笑聲，惡搞，還有什麼比這兩種本領更能融解國民黨白色恐怖年代的悲情台灣？還有什麼比這兩種本領更能吸引、催眠、麻木、陶醉坐在電視機面前的台灣觀眾，讓他們體驗到某種「挑釁權威，反抗威權」的取代快感？「惡搞界的祖師奶奶」的地位確立之後，張小燕之名已經入門入戶，念舊的台灣人，對她鍾情五十年。

至於李敖，跟張小燕一樣，成功的關鍵字亦在於挑釁和反抗，他的橫衝直撞，他的無所畏懼，他向老年世代挑戰的勇氣，他踢爆世俗道德的膽量，皆令台灣人開了眼界和長了知識；只不過張小燕用的是影像和笑聲，李敖用的是文字和怒罵。每個世代之後都有新世代接棒，每個新世代之後又有新新世代，所以每個世代都有年輕人鍾情於李敖的狂傲與囂張、狠勁與蠻橫、怪論與奇觀。成名五十年，李敖不朽，只因他的議論或有過時之日，但他的性格特質在每個世代都可找到固定的市場，從台灣到香港到內地，皆如此。

好了，輪到瓊瑤了，終於輪到本週主題瓊瑤大嬸了。

林芳玫教授不是早就在《解讀瓊瑤愛情王國》書裡說「瓊瑤小說有個公認的一貫主題是世代衝突」嗎？瓊瑤不管寫了多少部小說，幾乎毫無例外地都把愛情路上的追追逐逐放置於世代衝突的情景跑道裡，讓男女主角在代際矛盾和年齡差距的漩渦裡兜兜轉轉，and, it works，這有效，而且一直有效了五十年。因為台灣社會雖然號稱劇烈轉型，但世代衝突情緒不管在私人領域抑或公共事務上皆不斷以新形態、新方式輪迴現身，二十一世紀的許許多多台灣善男子善女子，至少在台北以外、在濁水溪以南，想必仍對瓊瑤大嬸筆下的情愛掙扎有所共鳴，台灣在某些方面其實進步得並不夠快，甚至，有所倒退。

笑聲，怒罵，眼淚。娛樂，政治，愛情。張小燕，李敖，瓊瑤。三位各領風騷五十年的台灣文化名人各有江湖，但其實江湖背後，皆在響應著台灣的時代氣氛和集體情緒，台灣人在他們身上找到了暫時的逃離、反擊的想像、虛幻的希望，台灣人 love to hate 他們。

咦，糟糕，尚未寫到我跟瓊瑤之間的「關係」。其實也很簡單，小時候在家無聊翻看姐姐買回家的小說，瓊瑤、玄小佛、嚴沁、依達……都看了，但許多時候在閱讀時的心理認同投射對象竟然不是男方而是女方，多麼期望突然有人按門鈴，我去開門，門外站著一個高大威猛的男子，拿著花，對我笑。多麼激情四射。

這現象其實跟我在看《西遊記》小說時非常相近。男同學們認同的都是孫悟空或唐僧，而我呢，想像自己是白骨精蜘蛛精，要吃男子的肉和血……多少年

多糾結的男子，從三十多年前開始閱讀瓊瑤時，我便知道，我是。

了，很奇怪我為什麼沒有變成同志，或許，我仍在櫃裡，總有一天會走出來。

瓊瑤的《一簾幽夢》我是深深記得的。我認同的是那位妹妹，跟姐姐搶男朋友，輸了贏了都是痛苦，卻又痛苦得快樂。多糾結的男子，從三十多年前開始閱讀瓊瑤時，我便知道，我是。

那些明亮的日子 ❖ 胡洪俠

《對照記@1963》上一回的題目是「女同學」，按當初的計畫，接下來要寫端午節。誰知道馬家輝夢遊一般，寫女同學竟然七葷八素地說了一大篇粽子。楊照和我都覺得這不靠譜：彷彿三個人參加的本來是一百米賽跑，家輝卻橫空跑出了四百米的成績。楊照只好提議說不寫端午寫瓊瑤吧，「粽子已被家輝寫得如此悲情戲劇性，我們還怎麼寫啊？」

其實，寫端午節也罷，寫瓊瑤也罷，我都沒多少話可說。我的「瓊瑤閱讀史」三兩句話就夠了：我出生的那一年，瓊瑤出版了《窗外》；二十歲那年，讀了一本盜版的《失火的天堂》，方知道世上有瓊瑤其人；三十歲那年，隨手翻了翻《窗外》。僅此而已。

但是很奇怪，提到「瓊瑤」二字，你馬上就能想起一個時代。即使她的小說你一本沒讀過，你也不會不知道「我是一片雲」、「聚散兩依依」、「心有千千結」、「月朦朧，鳥朦朧」這樣的句子。一九八〇年代，這樣的句子到處飛舞，總有一種機緣會飛到你耳邊。

第一次聽說瓊瑤的名字，不是因為有人說她的書一定要讀，恰恰相反，是說她的書不能讀。報紙上經常有批評瓊瑤的文章，說她小說的故事是膚淺的胡編亂造，沒內涵不深刻無價值，年輕人讀了會有害。瓊瑤成了一條標準，把當時的讀書人劃分成兩類：讀瓊瑤的人和不屑於讀瓊瑤的人。這兩類人經常相互攻擊，且態度真誠，甚至痛心疾首。現在想起這些事，你會覺得那個年代很好笑，也很可愛。那可是個人人都如饑似渴讀書的年代啊。想想那些書名吧：《美的歷程》、《傅雷家書》、《寬容》、《第三次浪潮》……還有那些人名：李澤厚、薩特、尼采、佛洛德……還有那些雜誌名：《收穫》、《十月》、《小說月報》、《小說選刊》、《讀者文摘》、《作品與爭鳴》……

這張拍攝年代正是瓊瑤「登陸」的時候。我們幾個常常一起談瓊瑤、三毛和《第三次浪潮》。拍攝地點似是衡水的中華公園，如今不知成什麼樣子了。

每個這樣的名字都像一面旗幟，每面旗幟下都雲集了無數的人，每個人都急於閱讀，急於表達，急於交流。太多的人，太多的路，太多的日子，都被閱讀照亮了。

書攤！路旁街角大大小小的書攤，是那個年代的奇觀。書攤擺出來的書，真是一種奇特的構成：一邊是美學、存在主義哲學、精神分析學，一邊是外國文學、報告文學、爭議小說、文化反思。另有一類書，是每個書攤必有的，那就是港台書。沒有金庸，沒有三毛，沒有柏楊、李敖、龍應台，沒有瓊瑤、古龍、席慕蓉，都算不上是個合格的書攤。這類書盜版的居多，進不到這些書，你還好意思擺書攤？港台書封面作者名字的前面，一定有一個或大或小的括弧，裡面印著「香港」、「台灣」或「港」、「台」。那不僅僅是為了標出作者籍貫，沒這麼簡單。那是一種宣示，一種吸引，一種召喚，一種態度。那括弧是悄然打開的一扇窗，是忽然吹來的一陣味道異樣的海風，是讓你覺得又激動又好奇又神祕的聲音。我因此羡慕了書攤主人好多年，覺得他們真有文化啊，本事真大，資訊真靈，路子真廣，好書真多。

我讀到的那本《失火的天堂》就是來自書攤。不是我買的，也不知是誰買的，傳到我手裡時，已經像電影上我軍活捉的破衣爛衫的敵兵了。十六開本，紙張粗劣，文字排得密密麻麻，且錯字滿眼，油墨也濃淡不均。因為這可疑的長相，我相信這一定真是台灣那個叫瓊瑤的人寫的。悄悄地帶回宿舍，一氣讀完，竟然還流淚。如今我完全忘記了小說的情節，主人公叫什麼名字也一概想不出，可當時真覺得書中的故事又蕩氣又迴腸，邊讀邊暗暗感嘆：這樣的愛情，這樣的人生。

真的要悄悄閱讀，要暗暗感嘆。如果讓我們那個讀書圈子其他人知道，他們會譏笑你，諷刺你，說你浪費生命。他們也讀金庸，讀三毛，但是卻死活看不上瓊瑤，認定那些抵死纏綿的故事全是垃圾。那時候，除了那些名頭震天響、每個書攤都買得到的書，我們常常討論路遙的《人生》，柯雲路的《新星》，賈平凹的《浮躁》，張賢亮的《男人的一半是女人》，法拉奇（台譯法拉琪）的《風雲人物採訪記》，茨威格（台譯褚威格）的《同情的罪》，還時不時討論「超穩定結構」和科學哲學中的「證偽」之類。不討論瓊瑤，只表態般地罵幾句了事，反正看過的沒看過的都會說「淺薄」、「虛假」、「迷幻劑」這幾句報紙上常說的話。

我「失足」看了《失火的天堂》，多年後「舊病復發」又讀了《窗外》。再後來，「病」就好了，從此不再讀瓊瑤，連電視劇《還珠格格》也不看。

16

歷史課本

堅守「無趣原則」的歷史課本

楊照

我怎麼開始上歷史課的？很慚愧，真的沒留下什麼記憶印象了。

開始有歷史課，有歷史課本，是國中的時候。但任我怎麼想破頭，就是記不起國中理應有三位歷史老師的名字，一個都記不起來，勉強記得的，是國二歷史老師的模樣，記得她手上總是搖著一把黑色的絲質摺扇，記得她濃重的江浙口音，記得她的口頭禪：「一鍋粥中的老鼠屎。」

她的口頭禪我們聽得很多，因為大部分時候都是拿來罵我們幾個人的，上課講話、睡覺、小考亂考，有時候還大剌剌地以足球校隊要練球的名義，堂皇地在上課中走出教室。她就像唸咒語般說：「一鍋粥中的老鼠屎！」

她罵得很順口，一堂課要罵好幾次，但開學了好幾個星期，這句話聽了上百遍，我們卻都還弄不清楚那話到底什麼意思。一來她的口音實在太濃了，二來那樣的話我們過去生活裡從來沒聽過，連猜都無從猜起，不只是我們幾個老被罵的聽不懂，全班沒有一個人知道那是什麼。大概一個月後，終於有一個同學福至心靈，上完歷史課突然悟出，一個字一個字解開：「一—鍋—粥—中—的—老—鼠—屎」，我們全班爆出瘋狂的掌聲。

下次上歷史課，歷史老師又脫口說出：「一鍋粥中的老鼠屎」時，全班不約而同大笑出聲，好像聽到了什麼笑話般，老師嚇了一跳，眼睛瞪得渾圓，自然反應地又罵一次：「一鍋粥中的老鼠屎！」我忍不住跟隔鄰同學說：「全班都是屎，鍋中沒有粥了。」惹得聽到這句話的人又一番狂笑，老師更氣了，直接對著我：「一鍋粥中的老鼠屎！」

那麼重的口音，講起歷史來，有一種更悠遠的氣氛，也就讓人更聽不進去究竟講了什麼。所以課等於沒有上，考試時就只能拿課本來，一次一次反覆劃線反覆讀了。

反覆讀反覆背，因為課本上寫的東西，沒有什麼是看一眼就會記得的。編課本的人似乎心中有一條再明確不過的自我紀律戒令：絕對不可加入任何有趣的東西！如何讓歷史課本編得最無趣、最難讀？——如同唸經般將中國一個一個朝代，一個一個皇帝羅列下來，讓學生昏頭轉向，搞不清楚哪個朝代在前哪個朝代在後，這個皇帝和那個皇帝有什麼差別。

耗在歷史學習上的時間，只得到了一個收穫——終於能夠將中國的朝代，從黃帝、堯、舜、夏、商、周……一直背到宋、元、明、清，一個不漏，就連南朝的「宋齊梁陳」和五代的「梁唐晉漢周」都搞清楚了不會混淆。進一步在聯考之前，記得了每一個朝代的開國皇帝是誰，漢朝是劉姓、魏是曹姓、晉是司馬……

記得這些，不能說沒有好處啦。國中畢業的暑假，讀《紅樓夢》，書前有胡適的考證文章，文中用一個燈謎來比擬「索隱派」的做法。謎面是：「無邊落木蕭蕭下，打一字。」謎底是——「日」。還沒往下看胡適的解釋，我自己想出了其中道理：「蕭蕭」二字想到中國有兩個連續由姓蕭的人創建的王朝——蕭衍的齊和蕭道成的梁，那麼「蕭蕭下」，就該是接下來的朝代——陳朝，讓「陳」字「無邊落木」，去掉邊，拿走木，就剩下「日」了。因而感到頗為得意。

不過，正面的好處，絕對少於負面的反感。上高中時，我心中充滿了對歷史的厭惡，一心一意認為文學，尤其是詩，才真正值得擁抱追求。拿到高中歷史課本，裡面的內容還是同樣的朝代、同樣的皇帝名稱，只是文字更多、要背的細節更多而已，當然就更加強了厭惡。

真正啟發我對歷史興趣的，不是歷史課本，而是高中國文課本上的一篇課文。陳立夫寫的，內容是在「工程節」的致詞演講。他提到了如何決定以大禹的生日作為「工程節」，因為大禹是中國歷史上第一個偉大工程師，又如何特別找了主張「大禹是一條蟲」的顧頡剛來考證大禹的生日，顧頡剛給了答案，他又如何可以宣告「既然大禹有生日，就表示大禹不會是一條蟲」。

我對陳立夫那種自鳴得意的口氣，很是反感，卻對於他所攻擊的事，產生了好奇。為什麼有人會說「大禹是一條蟲」？大禹可能不是歷史課本說的那樣一個皇帝？這太令人興奮了啊！

後來在重慶南路書店街上，找到了顧頡剛的《古史辨自序》，一口氣讀完，開啟了我遠離歷史課本學習歷史的寬廣道路。

曾經，我是少年柏楊

❖

馬家輝

肯定有許許多多人跟我一樣，必須等到踏出校門以後才會深切明白歷史課本之無聊與可惡；嚴格來說，以前讀書時，並非不知道，而只是沒有辦法深刻地知道，因為欠缺對比或找不到那麼多對比，後來，有了，懂了，於是痛恨了。

至少在我成長的年代是如此，沒有這麼多「深入淺出」的、用趣味語言、以活潑視角述說歷史故事的「大眾歷史書」，所以沒有比較，所以感受不出學校歷史課本的封閉和愚昧。

我生平首回明白歷史其實可以說得有趣和學得有趣，已是高中二年級了，十七歲，無意中捧起黎東方的《細說明朝》左翻右看，一翻一看便停不下來，被作者所說的故事細節一路牽引，讀下去，多讀一頁，再多讀一頁，很快讀完，第一個冒起的念頭是，唉，如果歷史教科書能像這樣，我的同學們便不會討厭讀書，便不會考試不及格了。

但當然討厭讀書是一回事，考試及不及格又是另一回事。我也討厭讀教科書，但中國歷史科的成績從小到大都在全班之首，還在同學之間有了「史怪」的調侃稱號。理由很簡單，我把歷史科看成一個project，針對考試的綱要和需要，把課本內容由頭到尾，幾乎一字不漏地背誦下來，再加上讀了其他亦是針對考試而編寫出版的參考教材，又是倒背如流，到了試場，用最潦草的字體把腦袋裡的材料統統寫出來，便行了。許多時候我忍不住暗笑，閱卷員真的讀得懂我的字跡嗎？為什麼總是給我A呢？是否因為太潦草而懶得認真批閱，隨手給個好成績便交差了？

《細說明朝》之後，是柏楊的《中國人史綱》，讀後同樣感慨「教科書應如是也」，回到學校便對歷史課本極度瞧不起，深覺愈讀這些爛課本，學生便必愈憎恨歷史科。

其後讀得愈來愈多教科書以外的「閒書」和「雜書」，這種感覺更深更濃，高三那年考大學，我還勇敢地做了一回實驗，在公開考試裡（亦即台灣的「聯考」和大陸的「高考」），在考中國歷史科時，我完全拋棄過往十多年的作答模式，不再把歷史課本和老師提供的「標準答案」寫在紙上，而是，自我催眠成為「少年版柏楊」，用《中國人史綱》的調笑筆調評史論事，左一句「嗚呼，由於中國沒有民主制度，所有人圍繞著一根權力魔杖跳舞……」右一句「我敢跟你打賭一塊錢，如果當時的大將軍敢於反抗皇帝，中國歷史必定改寫……」這是非常冒險的答題方式，簡直是把自己的分數和前途拿做賭注，只為了，心中一口氣，暗暗對課堂內的所謂規範式歷史教學聊作抗議。

結果如何？

仍然取得了A級成績。這令我再次懷疑，要嘛我是遇到了一位有眼光的考試閱卷老師，他或她包容得了我的放肆；要不就是，如我所料，閱卷老師根本懶得閱讀我那「辨認困難指數」極高的手寫文字，不管我寫的是什麼東東，他或她仍是隨手給了高分，我過了關，對方也完成任務。

這當然只是我的胡猜瞎想，世上畢竟仍有許許多多負責任的歷史教師，在我成長

即使討厭讀歷史課本，嫌它無聊與可惡，但我中國歷史科的成績從小到大都在全班之首，不但被同學稱為「史怪」，更曾自以為是「少年柏楊」。

的上世紀六、七十年代裡，殖民地，中國歷史科是有的，卻只從三王五帝講到慈禧太后，往下去的，像鴉片戰爭，像民國建立，像軍閥割據，像八年抗戰，像國共內戰，一概不提，歷史課本內空空如也，學生們的腦袋知識亦空空如也，曾有一段很長的日子，我絲毫沒有說笑，我和許多同學皆以為「中華民國」就是「中華人民共和國」的簡稱而已，什麼台灣，什麼大陸，什麼國民黨，什麼共產黨，來龍去脈，我們幾乎一無所知也全無興趣。

幸好，課本是死的，人卻是活的，在殖民地的教育框框內，仍然有著一些教師企圖在框框邊緣遊走逃脫。小學六年級時我便遇過一位歷史科老師，某回，課本寫的明明是清朝的治亂得失，他卻把整節課花在講述近現代的歷史混亂之上，袁世凱與孫中山之鬥爭，五四運動和新文化之啟蒙，中國人對抗日本之悲歌……細節我當然全部忘記，但我記得，他哭了，他邊講邊哭，所以我也哭了，或許不是為了他所說的內容，而只是由於氣氛悲淒；當老師哭時，學生絕對不可以笑。

自此而後我仍然對歷史不感興趣，但一直記得這位善良的老師和他動人的眼淚。

要論「歷史課本」，不妨說說《要論》 ❖ 胡洪俠

我上中學那個時候（一九七〇年代後期），老師和學生都不重視歷史課，認定那是可有可無的科目。一個好老師，是要教語文、數學、物理或者化學的。如果這幾科你不懂或者輪不上你教，對不起，教歷史吧。課程表上的「歷史」因此常常就是自習時間，大不了老師過來交代幾句說，今天看「秦末農民起義」或「隋末農民起義」那一章，然後就沒人影了。幾個成績好的學生相視一笑，紛紛拿出數學教材用起功來。我呢，常常就「起義」了，沿固定線路去供銷社圖書櫃檯租小說去也。因為要寫「歷史

課本」，我想起這些，自己都大吃一驚：我完全想不起中學時代哪位老師教過我歷史課，也回憶不出任何一種歷史課本的模樣。那已然是歷史作為「副科」的年代了，是人人信奉「學好數理化，走遍天下也不怕」的年代。

我因為死活學不好數理化，高考一來，即淪為文科考生，終日在「文科即文盲」的氣氛中自謀生路。學校倒是有個「資料室」，設在校長的宿舍，架上箱裡堆了有那麼幾百本書。我從中翻不到任何歷史復習資料，只好借了范文瀾的《中國通史》和譚其襄主編的《中國歷史地圖集》。我哪裡啃得動豎排繁體的《中國通史》，亂翻一通罷了。可是我對《中國歷史地圖集》印象深刻：精裝十六開本，綠色布面精裝，七大冊，每冊均配硬紙殼函套。如此一來，翻這套書變成了又麻煩又有趣味的事情。我每次去借這套書，校長都用奇怪的眼神看我幾眼，那意思是說：「你還用得著看這書？看這書也能考上大學？」不管怎麼說，翻這套書是我中學時代讀書生活中難得的快樂記憶，最直接的後果是：如今我的書房裡已經有三套不同版本的《中國歷史地圖集》了，其中一九七四年「內部發行」的那套四開本圖集，堪稱文革時期出版物精品。無正式定價，版權頁說明是「收部分工本費」，第一冊的「工本費」是三十八元。想想吧，一九八一年我剛參加工作時，一個月的工資都不到三十八元。

哦哦，對啊，說「歷史課本」，怎麼說到「歷史地圖」上去了。可是我的記憶中沒有歷史課本，這個題目又該寫什麼？現在我最感興趣的領域，竟然就是歷史，這與當年沒有機會好好上歷史課有關嗎？關係似乎不大。當初我都沒有好好研讀歷史課本，以後也永無可能再與歷史課本結緣。說起來真是幸運：我對歷史的興趣是亂買書亂翻書培養起來的。

我開始買書時，專撿便宜的小冊子，定價不超過一塊錢的那種，最好是在五毛以下（這算不算是那個年代的「五毛黨」？）一九八〇年，我在衡水新華書店買了一本《中國文化史要論（人物・圖書）》，蔡尚思著，湖南人民出版社一九七九年十月版。薄薄一冊，僅僅一四一頁，定價〇・三〇元。這正是我可以付得起的價錢，相當於我一天的伙食費。此書的吸引人之處，是列出一堆人名、書名，涵蓋工具書與語言文字學、文學、歷史學、地理學、哲學、思想、醫學和科技等領域，極為簡明扼要，真正一目瞭然。這本書我翻了不知多少遍，尤其文學史部分，讀得相當仔細。此刻這本書就在手邊，原來潔白的封面已變黃變暗，郭沫若題寫的燙金書名卻依然金色飽滿，亮澤充盈。再翻到文學史部分，見這幾頁的黃斑明顯多於其他部分，鉛筆打的勾、劃的線歷歷在目。我在《詩經》、《楚辭》、《文心雕龍》、《庾子山集注》、《李太白集注》

等等書名的前面都打了勾，表示需要找來讀一讀。可是，《陶淵明集》、《杜工部集》、《白香山詩》、《蘇東坡集》、《李清照詞》、《胡適文選》等書名前卻沒有打勾，真不知當時我是怎麼想的，簡直莫名其妙。

非要舉一種「歷史課本」的話，這本《要論》就是了。當時並不知作者蔡尚思是何方高人，但以我十七、八歲的「見識」，我相信既然一個人能寫書出書，那一定就是很有學問的。當然後來就慢慢明白了：原來他是王國維、梁啟超的學生，是大學問家，是歷史學家，是思想文化史專家，是研究孔子的大家，是復旦大學教授。《要論》對他而言不過是厚積薄發的「小菜一碟」，其他重要著述有《中國思想史研究法》、《中國傳統思想總批判》、《孔子思想體系》、《王船山思想體系》、《蔡元培》等等。學界曾有「北錢南蔡」的說法，「北錢」是錢鍾書，「南蔡」就是蔡尚思了。他二〇〇八年去世，享年一〇四歲。看看，我誤打誤撞選的這冊「歷史課本」還是大有來頭的。

17

單車

單車上的年輕時光

❖ 楊照

從六歲入小學，一直念到博士班取得博士候選資格，三十歲，整整二十四年的時間，我竟然沒有離開過學校。

這樣算給朋友聽，比較細心的人會質疑：「可是你要當兵啊？不可能不當兵吧？」有，大學畢業後我入伍服役二十二個月，前面三個月在鳳山步兵學校受訓，受訓完留校直到退伍。我認真說的——都沒離開學校。

當然步兵學校不是一般學校，留在步兵學校不管當學生或當軍官教官，經驗都和一般學校大相徑庭。例如說，只有少數的課程才在教室裡上的，大部分課程是在野外進行。服役後面一年多的時間，我在步兵學校教官組，擔任班排小組的戰鬥教練教官，攻擊、防禦、搜索、尖兵、哨，我們負責的五項課程，沒有任何一項是可以在有屋頂遮陽遮雨的教室上的。

五項課程標準上課時數，每一項是十一小時，一天上完。早上八點到十二點，下午一點到五點，再加「夜教」三小時。而且上課的地點，都在學校後山的野戰場，出後門，最近的場地大約距離七百公尺，遠的要走將近兩公里。當學生時必須全副武裝抬著教具，整好隊半走半跑趕往野戰場，若是上課時間部隊還沒到達，值星官會被記過的。

當了教官就不怕了。因為我們可以騎單車。早上七點半吃完早餐，我們幾個少尉軍官一起推著單車、頂著南台灣快速上升的驕陽走出寢室，上路出發了。過了後門，一條上山的土路，叫「先鋒路」，先是微坡往上，兩百公尺之後開始變陡了，踩踏板的腿隨而開始吃力了。幾個人買的單車都不一樣，通常我是第一個踩不上去必須跳下車來的，因為我買的是外型拉風但性能平庸的跑車，沒有變速功能，齒輪比太大了。再過二、三十公尺，其他幾個人也紛紛落車，他們騎的是最貴的變速型跑車，坡陡到一定程度，換到最低檔還是踩不動。能夠騎最遠才掉下來的，是一輛外貌上看起來最平庸，後面還有一個載貨平台的單車，寢室裡最老實的軍官騎的。

我們倒也不太計較推一段車。因為那一段路隨著季節不同，有不同的樂趣。春末，路邊有兩顆老芒果樹纍纍結著綠皮的小芒果。市場上已經很難看到這種皮厚肉薄纖維塞牙縫而且往往味道其酸無比的小芒果了。然而自己爬樹摘果，現摘現吃的樂趣，讓我們在那種不怎麼可口的味道中，感受到一種草味的清甜，一種原來以為只存在於記憶中的滋味。

盛夏，則有一行路樹上結了芭樂。也是改良之前的傳統品種，皮皺皺的，咬開來，裡面果心是粉紅色的，果肉很澀，但果心卻很甜，可以把果肉咬掉，專門只吃充滿果粒的粉紅色核心。

夏末，則是路外的鳳梨田裡鳳梨準備要收成了。鳳梨是農家種的，不是野生的，學校三令五申絕對不准「擾民」，而且鳳梨外表長著尖刺的厚皮，不可能野食的。我們不會去亂採鳳梨，而是看著那繁盛得彷彿要滿出來的田地，嗅著空氣裡彌漫的鳳梨香，而有了一種無法形容的幸福感。

還有一種更強烈、但更不明確的幸福感，則是出現在晚上九點左右，上完夜教，學生整齊喊出「謝謝教官！」回頭背起草綠色的野戰背包，跳上單車，將雙腳抵緊在踏板上，輕扶龍頭，讓車順著坡滑下去。左邊是被夜色罩籠的雜樹林，剛剛上課時假定裡面藏了準備伏襲的共軍的，右邊則是山下遠遠鳳山街上的燈火閃耀，一暗一明，兩者構成對比，但卻又兩者同樣虛幻。迎面而來的，是自耳邊打過的呼呼的風，隨著坡度變化著，騎到最陡下坡那段，風聲最響，響到讓人產生一種錯覺，覺得自己非但不是在朝坡底快降，而像是正要迎風起飛。

想起史蒂芬．史匹柏電影《E．T．外星人》接近結尾的那一幕，男主角用單車載著外星人E．T．拚命地用力往前騎，逃避後方壞人們的追趕，眼看快要被追上了，嘩，單車突然飛上天，空中單車剪影在光亮的月球背景上浮現。

還相信、還想像各種不可思議的事的年輕時光，專門屬於那種時光的不可捉摸的幸福。

我是單車紀錄保持者

❖ 馬家輝

有沒有看過陳果導演的《細路祥》？

十三、四歲的香港小孩子，踩著單車，在窮巷舊市的橫街小道之間穿來插去，把茶樓的食物送到客人家裡，有時候路程順暢，抬頭望天，天藍雲白，彷彿條條大路在前頭，明天會更好；然而，更多的時候呢，路上總是出現如此或如彼的小小障礙，擋路的竹籬、粗暴的流氓、濕冷的雨水……路難行，行路難，細路祥的眉頭皺得很緊很緊，隔著銀幕，觀眾似乎仍能聞嗅到城市窄巷裡傳來的陣陣垃圾腐臭酸氣，以及感受到隱藏在暗角裡的不可知的威脅恐怖。在城市裡成長，對於某些人來說，從來不是一樁容易的事情。

僅是這張騎單車的曖昧海報已令觀眾記憶難忘，更何況是，亦曾如細路祥般在港島舊區踩單車的觀眾如我，坐在黑暗的電影院裡仰頸望向銀幕，屁股下的座椅明明是沉靜的，但因境隨心轉，竟然錯覺微微搖晃，身體更隱隱感受到逆風而行的速度刺激，彷彿稍不留神，即從高處跌下，跌回灰濛濛的舊時光裡。

在市區騎單車的日子其實不算長，咳，所有人都是知道的，我膽子小，在汽車和巴士之間冒險竄動，我本就不太敢，當初騎上車背，坦白說，亦是被迫的。我不是在前面的題目裡說過嗎？十來歲時常到舅舅的裁縫店打工幫忙，他替美國水兵量身後，囑咐我把訂單送去製衣工廠並同時把衣服從工廠拿回來給另一位客人，有時候因須趕工——那些洋兵哥只在香港逗留三、四天，不趕不行，通常兩天之內便要弄好兩套西裝和三條褲子了——舅舅不准我走路，下令必須騎車，工廠跟店舖隔了六、七條長街，走路來回需時四十五分鐘，騎車則省一半時間，我反抗無效，為求有薪水可收，唯有硬著頭皮張開雙腿，跨坐到車背上，一咬牙，往前衝，想像自己如張徹電影裡的客俠英雄，殺入江湖，管不了能否回頭。

騎了一年半載的市區單車，從未遇上過意外，但跟技術肯定無關，純粹是，謹慎，小心，騎得慢，如果有人願意撰史記載，我必是灣仔舊區史上騎單車最慢的一位少年人（這特點一直保持到長大成人，我近年開車了，而且是開P字頭跑車，但我幾乎可以確定自己是史上開車速度最慢的P字頭跑車主人，許多時候連公車司機都能超我的車，甚至忍不住在超車時側頭瞄我一眼以示不屑）。所以每回完成任務後，我總聽見舅舅喃喃抱怨，「這麼久才回來，烏龜都爬得比你快，搞不好你這小子是偷偷去了找女人或溜進麻雀館打牌！」他自己最喜歡做這兩種勾當，所以最喜歡猜度別人做這兩樣勾當，毫不理會對方的年齡高低。

至於生平首回學騎單車，倒跟所有初學者一樣，曾經跌倒，曾經弄傷手肘和膝蓋，那些小兒科的傷痛當然早已忘記，可是依舊記得酸溜溜的心理傷害，只因那時候，大概八、九歲吧，一家五口租住一個小單位內的一個小房間，我家沒有單車，但房東有，某天，善良的房東先生帶兩個兒子到樓下球場學騎單車，也帶著我，一輛單車三個人輪流踩，而他們是「主」，我只是「客」，理所當然地他們兄弟倆占玩了較多時間，我只能在他們休息的時候騎上一騎，這叫做「插花」，讓我有了很濃厚的自卑感。幸好我雖騎得慢，但我學得快，就在短暫的「插花」時間裡，我學會了掌握兩個

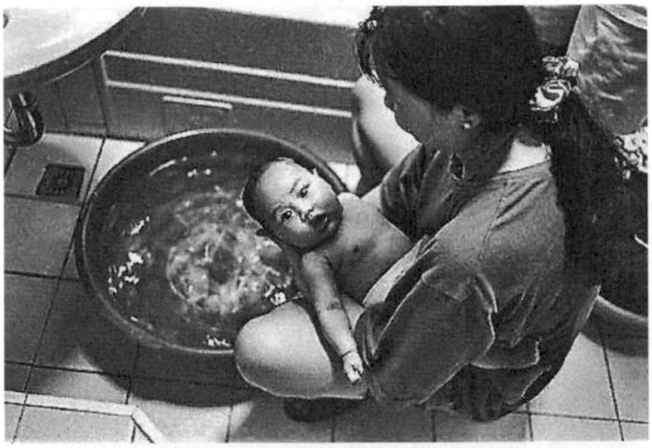

小女孩，變成大女孩了。她有她的邏輯，她有她的選擇。

輪子的技術，根本不難嘛，只是，我仍然不敢騎得快。

說來遺憾，我的女兒至今仍然不懂騎單車，亦是受我膽小所累。這些年來，我只帶她去騎過一回單車，教了她半小時，她開始稍稍能夠平衡前進了，但又立即跌倒於一條下坡路上，手掌擦傷了，嚇得流淚，我馬上衝上前把她扶起來，道：「算了算了，別學這鬼玩意兒了！反正世上有太多事情你都不懂，不差這一件！」

她笑了，把眼淚拭去，立即同意，掉頭便走，快樂地。她從來不明白什麼叫做「自古成功在嘗試」的老祖宗教訓，她有她的邏輯，她有她的選擇。

我家自行車之怪現象

胡洪俠

老家的那幾間土房已經很久很久沒人住了。十幾年的荒廢失修，我當年的家園，如今極可能變成了老鼠的樂園。這些日子常常想回去一趟，看看能否找回點日常舊物以資懷念。最想一探究竟的，是我家的那輛自行車。小時候就常常覺得那自行車的模樣很怪，近來則更愈來愈感到好奇：那樣的一輛自行車，究竟有何來歷呢？

那車子——對，我們都叫自行車為「車子」，或「騎車子」，很少叫自行車，更不叫單車、腳踏車或別的什麼車——很破，且破得出眾，可謂別具一格，其「身分」因此大為可疑。不是很破的紅旗、永久，也不是很破的鳳凰、飛鴿、金鹿，都不是。沒有任何標誌可以證明那是一輛什麼牌子的車。車架車梁很高很大，顏色灰暗，無油漆，甚至找不到噴過漆的痕跡。車把和後座卻又很小很細，看上去怎麼都不像「一家人」。沒有鏈盒，所以騎時得小心右褲腿，不小心會被鏈條鏈盤捲進去。車閘好像也不管用，要減速，得用腳直接摩擦前輪以求剎車效果。兩個車圈已經不是鏽跡斑斑，而是一片鏽跡，是「江山如此多鏽」，任你怎麼擦都不會有光亮。腳踏板，左邊的是塊方方的木板；聽說當初自行車剛發明時全為木製，木製腳踏板的存在，證明我家的那輛自行車局部發生了「返祖現象」。右邊的腳蹬則連木板都沒有，只剩一根鐵棍。這根短短的鐵棍接受過無數次鞋底的摩擦，亮得很，堪稱整輛自行車最大的「亮點」。車座則更麻煩，因為難以固定，經常左右搖擺，前撅後翹，座簧又殘缺不全，騎在上面極為難受。倒有一樣好處：那輛怪車騎起來並不叮噹亂響，因為它簡練極了，除了必要的車輪、車架、鏈條、飛輪、腳蹬等等，幾乎就沒有別的零碎，想弄出點動靜都很難。

十來歲時，我就是用這輛車學會騎自行車的。逢車掉鏈子或車圈摔得扭曲時，我常常蹲在地上，恨恨地看著它，想不明白它怎麼會這麼破，這麼舊，這麼怪。是上個世紀的七十年代了，那時誰家若有輛自行車，是一件值得驕傲的事情。可是我卻很沮喪，常常不好意思騎車出門。父母如安排我去哪兒跑一趟，我會提出去鄰居家借輛車的要求。其實借車談何容易。那時候自行車差不多是一個農家最珍稀的固定資產，能借你一騎需要承擔多大的風險。我當年的車技也真神奇：每逢借自行車出門一趟，那車總會大大小小出點毛病，不是車座的彈簧斷了，就是車圈變了形。現在想來，那該不是我的車技太差，實在是因為我家那輛怪車的緣故。習慣、竅門、用力方式、應急措施等等這一套騎車戰術，我都是從怪車上練出來的。一旦換了新車，相互都不適應啊。

前些日子和大哥二哥小聚，說起這輛自行車，我約略弄清了怪車的身世。大哥一九五〇年代末高中畢業後，在離家幾十里外的地方有了一份工作，需要自行車往還。買輛新車？那是連想都不用想的事。好在我們有個姑父，精通自行車修理。家裡東挪西湊了九十幾塊錢，先在車市上買了輛舊車，然後姑父施展修車技術，叮叮噹噹，拆拆卸卸，七拼八湊，「怪車」於是誕生，大哥有了「戰馬」。可惜，馬不停蹄近二十年後，「戰馬」成了「木馬」。但我仍有一事不解：「這輛車到底是什麼牌子？」

「誰知道是什麼牌子？」大哥說，「買舊車還講什麼牌子，看著結實就行了。」

「可是為什麼不是紅旗、飛鴿、永久等牌子的舊車啊。不管什麼車，得有個牌子吧。」

「當時姑父也納悶，說不清是什麼牌子，平日裡沒怎麼見過，就是覺得車架什麼的，品質好。有人說可能是洋鬼子的舊車。」

洋鬼子的舊車？一九五〇年後，國產的自行車已經大行其道，不大可能再進口了。再說，以那時國人的消費水準，一輛新車不會那麼容易就成為舊車。如此，我家這輛怪車的主體極可能是一九四九年以前進口的自行車了。可是，一九五〇年代，在運河兩岸的農村，誰家會有外國進口的自行車呢？是地主富農的私藏，還是革命群眾的戰利品？

這怪車，一定有許多我們不知道的故事。如今它獨自在老家老屋裡又寂寞了十幾年，有再多的故事也早湮沒無聞了。是的，找個時間，我得回去看看它。

18

女老師

那個堅持要拯救我的老師

❖ 楊照

那一年，她剛從師大畢業，念的應該是化學系，一個在屏東客家村長大的女生。被分發到我們學校，一個複雜都會環境裡的國民中學，而且一來就被派任為我們班的導師。

連我們才十三、四歲的小孩都知道，她被整了，或許不瞭解潛規則禮數不夠吧，所以學校上面的人，就給了她一個沒有人要的工作。

學校裡有男生班有女生班，當然是女生班比男生班好帶。學校裡有三個年級，當然是一年級剛入學最聽話，其次是三年級升學班，最麻煩的是二年級。學校裡有課任有級任老師，當然是當課任上課來下課走，不必管秩序管學生生活，要輕鬆得多。

偏偏她一來，當老師的第一年，就承擔二年級男生班的導師，還不只這樣，負責的還是學校公認最壞最皮的一班。

我們真是壞。一大早幾個人偷偷進了教師休息室，偷偷撬開她辦公桌抽屜，看到了她男朋友寫來的情書。上課時，她背過身去寫黑板，後面幾個同學一起捏著鼻子唸情書裡的句子：「阿霞，你真笨，表面張力當然是接觸力……」她煞白了臉猛回頭，顫著聲問：「誰？」沒人承認，也沒人敢告狀出賣我們這幾個班上最壞的學生。問不出結果，她叫全班站起來，從第一排第一列開始問，不說就用藤條抽手心。

才打到第三個吧，斗大的淚珠從眼眶流出來，她打不下去，自己扶著牆壁哭了，哭了一陣，突然拎起藤條就走了，留下一教室的錯愕。

導師要批改每週交的生活週記。我的週記內容都是抄來的，前面「一週國內外大事」抄報紙，「讀書心得」抄課本，背面的「生活感想」則抄我當時熱中在讀的一首首現代詩。詩每一行字數少，容易填滿頁面，余光中一首長詩〈火浴〉就夠我抄好幾個禮拜。

抄了一陣子，有一個週末，去了台北近郊的沙崙海邊，聽海風看海潮，回來後一時興起，不抄了，自己寫了一首標題叫〈潮〉的詩在週記上。

第二天，她上完化學課，人走出去了，突然回頭從教室後門叫我，劈頭問：「週記那首詩是你自己寫的？」完全沒料到有此一問，我愣愣地就點頭了。

一個多月後，救國團編印的，規定每個台北市中學生都要訂閱的《北市青年》送到班上，造成了一陣騷動，我寫的那首〈潮〉化成了鉛字印在上面。我和班上同學一樣驚訝，不，比同學更驚訝。

放學打掃時，我被叫到教師休息室。她鄭重其事地跟我說：「我早知道你不應該是個壞孩子，你看，你會寫詩，你的詩是我們學校第一次有文章刊登在《北市青年》上，連校長都很高興。別再參加足球隊了，別再跟那些人混了。」

說著說著，她眼眶紅了，從抽屜裡翻出一疊教會團契的宣傳單給我：「你拿回去看看。」

原來她想要拯救我。這是我無論如何沒想到的。更沒料到的，是她要拯救我的決心有多強烈。她去找了和我比較親近，從一年級就教我們國文的老師，一起來勸我。然後她還把班上平常跟我一起踢足球混冰店的幾個人都找去。

足球隊裡有一個本來就和我不是很對眼的，被老師約談後，在教室裡就用閩南語對著我嚷嚷：「你是好學生，離我們遠一點啦！不小心被你沾了變好，我們就完蛋了！」另外一個守門的，平常和我並肩守最後場的，則無奈地拍拍我的肩膀，什麼話都說不出來。

我過了這一生中最寂寞的一段日子。沒有朋友，不知道要幹嘛，覺得每天都在晃，晃進教室覺得教室不是我的；晃到足球場，發現足球場也不是我的。這一切都是詩害的，沒事讀什麼詩、寫什麼詩呢？原來一個人會寫詩就證明他不能當壞學生了？然而很怪，愈是寂寞就愈習慣將自己投入詩裡，就愈離不開詩。

我不能怪詩，於是就只能怪她。我真的和那些原來的朋友愈走愈遠了，我的成績變好了，國三竟然還被編進了升學班裡。我應該感謝她，但我沒辦法，我一直記得她那麼固執堅持地把我丟進一個黑暗的寂寞深淵裡。

當密絲陳遇上問題學生

❖ 馬家輝

最後一次見到密絲陳已是四年前的事情。再上一次，更久，是二十九年前了。這幾年一直在心裡盤算前往看望她，卻總提不起勇氣，我向來拙於道歉，無論對何人。所以往往結果欠得更多更深，欠上加欠。

密絲，便是Miss；密絲陳，便是陳老師。上海人在上世紀三、四十年代亦曾流行把男人稱為Mister而把女士喚作Miss，用中文發音便是密絲脫和密絲，其後，不時興了，到了五、六十年代，更是誰把這些西洋詞兒掛在嘴邊，誰便有「勾結外國勢力」

之嫌，吃不完，兜著走。再其後，八十年代以後，文明列車重新啟動，洋詞兒又回來了，聞說今天的上海人都慣互喚洋名，珍妮彼得麥可蘇珊都在路上走動，連六、七十歲的中老年人亦改個洋名過把癮，所謂「國際城市」，所謂「東方魔都」，開放性格盡情顯露於住民名字之上。

跟上海相比，香港的開放路線走得暢順多了，至少洋詞兒從沒受過折騰，一九九七年以後雖然「建華」、「蔭權」、「家輝」等中式喚法廣為普及，但洋名始終深入民間，幾乎每人一個，沒有的常感受到「溝通障礙」；如果真的沒有，亦慣於把中文名字的英文縮寫唸出來，「建華」變成C‧H‧，「振英」變成C‧Y‧，「家輝」變成K‧F‧，諸如此類。

所以香港人由始至終把女老師叫做Miss，男老師呢，則叫Sir，由小學到中學到大學，都慣如此。所以密絲陳即係我的陳老師，我的高中歷史科目老師，個子不高，戴著一副無框的金絲鏡，眼睛是香港女子常有的圓大精靈，嘴唇亦如廣東人般突厚，下巴有顆小小的痣，笑起來，很斯文；凶起來，亦足把你鎮住。典型的南方長相。

密絲陳畢業於香港中文大學歷史系，上過錢穆、唐君毅、牟宗三等學者的課，談吐之間流露著七十年代特有的中學老師「正氣」，我還記得某回講課至某章某節，她突然用力拍一下桌子，神情嚴肅地對全班同學說：「同學仔啊！做人，必須替天地立心，替生民立命，為往聖繼絕學，為萬世開太平！好了，時間到了，下課！」

可惜這時沒有配樂，否則便是電影裡的一幕動人場景了。

密絲陳是我高二時的班主任。前兩週寫「歷史課本」題目時，我不是說過自己曾有「史怪」稱號嗎？密絲陳教導的主科是歷史，理所當然地欣賞我這「史怪」學生，課餘偶爾邀請我和其他幾位學習成績較優良的同學吃飯聊天，並支持大家籌辦學生活動，故是「精神導師」。然而她非常不幸地遇上我這「問題學生」。

衝突發生於中學畢業之後，在我赴台灣升讀大學之前。在「歷史課本」題目裡我不也說過曾經自以為是「少年柏楊」？其實我亦曾自以為是「少年李敖」，那陣子，猶如紅衛兵，頭腦一片紅和熱，眼中完完全全瞧不起「舊世界」和「舊人物」，痛恨教育制度，痛恨教科書，痛恨老師，而某個深夜，不知何故，突然神經病發，撰寫了一封好幾千字的長信寄給早已不是我的課堂密絲的密絲陳，詳細內容我不記得了，只是清楚知道，那必是一封令她傷透了心的信，那是一封把她視為「反動教育代表人物」而痛罵痛批的信，罵她助紂為虐，做了封閉落後的歷史課本的幫凶，替學生洗腦，長年累月窄化學生的思考和視野，等等等等。寫完信，寄出，然後，我便離開香港。

後來沒再跟密絲陳有任何聯繫，在台灣混了幾年，再到美國混了幾年，回到香港又混了十多年，「少年李敖」慘變「中年馬家輝」了，舊友舊師都不常聯絡，只是大約在四年前的一個下午，在大學校園內，迎面偶遇密絲陳，當然老了，跟我一樣，但還認得出來，而當我熱情地問「密絲陳！好久不見！記得我嗎？」，她卻眉頭緊皺，瞪起那雙廣東女子的圓眼睛，用力地回答：「當然記得！你當年寫信把我罵得這麼慘，我怎麼忘得了！」

說完，續行，往前走，留我站在原地。

密絲陳這口怒氣肯定忍耐、壓抑了二十多年，恭喜她，終於有機會把我罵回來，儘管罵的深淺程度是如斯不成比例。我在原地愣住，腦袋空白了兩、三分鐘，心情沉重，回到辦公室，關上門，坐下來，流淚了。這幾滴眼淚勉強算是償還二十九年前的口業惡債，然而亦是，跟當年的罵人程度相比，不成比例。

三十年後的第一課

❖ 胡洪俠

畢老師和鄰村的一位女民辦教師結婚了，當年——三十多年前了——聽到這一消息時，覺得很吃驚，也不適應。

畢老師當過我高中的班主任，教語文課。當時《人民文學》剛復刊，他是學校唯一自費訂閱這本雜誌的人。他常常借給我翻翻，說你數學這麼差，又願意亂看書亂寫東西，將來大概只能當作家了。他是唐山人，大學畢業後，因家庭出身不好，分配到了我們中學。那一口唐山味的普通話，在漫天遍野的本地話中，顯得異峰突起，卓爾不群。他每次在課堂上用普通話讀我的作文，都讓我覺得那似乎不是自己寫的：我寫的句子怎麼會那麼好聽？

突然有一天，他結婚了。同學們議論紛紛，意思都是問：吃商品糧的怎麼會找一個民辦老師？難道他不回唐山了？知情的同學說，唐山大地震，老師家裡死了好幾口人，所以無家可回了；至於娶個民辦老師，算很不錯了：一個外地人，又不是貧下中農的孩子，不過是當個老師，怎麼能像公社幹部或供銷社售貨員那樣高攀呢。

嫁給他的民辦教師姓韓，沒給我們上過課，但我們還是叫她韓老師。他們結婚後，我很少有機會去畢老師宿舍了，這是最讓我感到失落的。畢業後這幾十年間，我見過他們幾次。先是知道他們從鄉裡調到了縣城，畢老師終於不當老師了，進了政府機關當幹部；韓老師也吃上了商品糧，在縣城一個學校當老師。後來又知道，他們陸續都退休了，畢老師的愛好是玩麻將，韓老師在忙些什麼我忘了。

也就是兩個月前吧，上午接到一個電話，聽筒裡傳來的聲音高門大嗓，清脆洪亮，第一句話就是一個謎：「你是洪俠吧，你能聽出我是誰嗎？」很神奇，我果然就聽出來了：「你是韓老師。」「哎呀！這麼多年了，你還能聽出來，真不簡單。」韓老師很高興。

我馬上問畢老師在幹嘛。「嗨，老了，還能幹嘛，去守大門了。」我問給誰守大門。「就是縣裡一個銀行，晚上沒人守大門，他去了。」韓老師笑著說，「用現在的話，就是當了保安了。」

我一時不知該怎麼接話，急運大腦想像畢老師深夜孤守銀行傳達室的樣子。他不會再看《人民文學》了吧。當年他當籃球裁判，動作瀟灑極了：嘴裡叼著哨子，在場邊奔來跑去，做出種種好看的手勢。「暫停」、「走步」等手勢我都是從他那裡學會的。哨音早已遠去，所有的喧譁與繁華也都過去了。

「我今天給你打電話，是想問你個事。」韓老師說，「你在新聞界，消息靈通。你知道資本運作嗎？」

我說我不懂。

「那我先給你講講。」韓老師輕咳一聲，說明教室裡的一堂課馬上開始。「你知道某某市吧。那裡有一個項目，叫資本運作。這是個富民強國的事，聽說是從新加坡引進來的，是國家領導人親自談判人家才賣給我們的。一個學校的退休副校長介紹給我這個項目，意思是說，找三個人，每個人交多少多少錢；然後那三個人再往下找，能找夠七個人，你就能掙錢了。到了二十八個人，就到了一個平台上；如果你這個平台上有一千人，你就是億萬富翁了。這可不是傳銷，是資本運作。報紙上老說加大資本運作，指的就是這個事。一個衛視報導了，說大陸上正發生著沒有硝煙的戰爭，許多人忍辱負重，積極運作，構築了祖國的資金長城，指的也是這個事。也不是誰都能參加。有五種人不行。哪五種人呢？公務員，老師，現役軍人，學生，在逃犯。現在山東、山西、內蒙做這個事的人比較多。你們廣東本來也要做這個事，可是你們不聽話，就不讓你們做了。許多人做這個事，都成了中產階級。做好了，每個月能掙十萬呢。我翻了很多報紙，發現沒有一篇報導說這個事，說明這還是內部操作，不到公開的時候……」

「韓老師，」我很鄭重地說，「你千萬不要上當。這是一個騙局。」

「怎麼會是騙局呢？」韓老師說，「你聽我說完，我都去過那個城市了，那裡所有的酒店都住滿了人，都是做這個事的。人家都有教授講課，有好多書。你知道吧，春節前，國家給那個城市開了專列。為什麼呢？想回家的人太多了。那些人都是搞資本運作的。你問問，這事還有沒有其他的內幕。有時候我也拿不準……」

我答應韓老師去給她問問，她才信心十足地結束了這堂課。到現在我也沒去打聽這件事：假如這算是一場課外考試，我根本不用答卷，就已經知道成績。

19

搬家

搬離兒時

❖ 楊照

那天早上起床，小心跨過房間地上一落落堆著，綁上紅塑膠繩的書，拿了飯桌上放的麵包和冰箱裡的便當，要出門上學了，經過爸爸身邊，爸爸只說了一句話：「放學要記得搭225，到新家。」我也就「喔」了一聲，簡單地點點頭。

我真的相信我的父母有搬家的天分。倒不是說家裡東西不多，隨時可以一走了之，適合逃債或逃難那種，而是對於那麼多的東西要搬遷移動，他們不驚慌、不緊張，神態平常到了極點。

那一次，從晴光市場搬到民生社區，一九七八年年初，我們已經有超過九年沒搬家了。會要搬家，一部分是被迫的，原本家裡拿來開服裝店的店面矮房子，坐落在公園預定地上，是所謂的「違章建築」，一九七七年，李登輝當台北市長時，決定要蓋公園了，也就要將我們的店面房屋拆掉。爸爸和幾位鄰居，多次到市政府陳情，始終沒能見到市長李登輝，最高只見到了主任祕書馬鎮芳，馬鎮芳態度傲慢，不見也罷。一九七七年年底，隔壁巷裡突然冒出一陣無名火，雖然在延燒到我們這邊前就被撲滅了，但爸爸知道事無可為了。之前有太多這種例子，一直抗爭拒絕遷走的違章戶，常常會神祕地一夜之間付諸一炬，房舍、家具、有時連人命都被火吞滅了。

沒有了服裝店面，其實我們還有對面兩層樓的住家，也可以在附近另外租屋重新營業。可是多半也是考慮到我們小孩的成長經驗吧，爸媽決定連住家一起搬走，離開晴光市場這個複雜、奇怪的環境。

晴光市場緊鄰「美軍顧問團」，一度巷弄間開滿了專門服務美軍軍士官的酒吧，留著及腰長髮的吧女在路上化著濃妝走來走去。我念的國中所在處再過去一點，是舊稱「牛埔仔」的地方，是台北最有名、最凶悍「牛埔幫」的根據地。班上好幾個常常一起混的同學，都是「幫裡」的。

會在這種龍蛇雜處之地待那麼久，是因為服裝店專做高級針織禮服，當然不以一般家庭主婦、良家婦女為主要顧客。什麼樣的人買得起訂得起我媽媽特殊手藝做的漂亮禮服？——有美軍軍官代為付款的吧女啊！

一九七七年，越戰結束兩年，來台灣的美軍明顯減少許多，晴光市場的酒吧如應斯響，很快就倒了好幾家，吧女少了，服裝店的生意也少了。

幾個因素加在一起，搬家吧！搬家的物理距離不算遠，但心裡的距離卻再遠不過。從台灣本省人聚居，開發了上百年，以閩南語和日語為主要溝通語言的舊市區，搬到一個純粹由政府運用美援開發的新社區，那個地方的公車站牌就說明了其居民性質——「公教住宅」，一個以公教人員，也就是以外省人為主的環境。

爸媽很鎮定地在民生東路上找了一間樓下的房子，有五十多坪。很鎮定地帶我們從舊家搭２２５公車去看房子，同時認好怎麼到新家的路程。很鎮定地開始打包，用最儉省的方式。買了好幾捲牢靠的紅色塑膠繩，把書一落一落捆扎實。這是最費力的工作，其他就相對容易了。書桌上東西儘量收進抽屜裡，然後將抽屜都上鎖。衣服也一樣，儘量收進衣櫥裡，再將櫥門上鎖。簡直像有先見之明似的，我們家用的書桌和衣櫥都是鋁製的，可以將門屜都密密鎖上。

從雙城街搬到了民生東路上，外面是亮眼的服飾公司，裡面是我們的住家。

收不完的再裝進從水果行要來的紙箱裡。稍微人些不好裝箱的，沒關係，不必勉強裝，放在地上就好，爸爸會吩咐搬家公司多帶幾個大竹簍來，通通塞進大竹簍就能上車了。

甚至最後一天在舊家睡覺都不必有什麼改動，照樣洗澡、照樣上床。起床後每個人自己將換洗衣服丟在床上，拆開被單，用被單把被褥和衣服綁成一個大包袱，搬家工人就可以拎上車拎下車了。

如此產生了一種近乎超現實的感覺。早上出門時，舊家只比平常亂了些，多年的生活習慣與生活頻率都還在那裡。然後去上學，也在一個很熟悉的環境裡，直到放學時，不再走上陸橋，改在陸橋下等公車，上了公車，恍惚若夢，不敢相信自己告別了居住九年的家，卻又不能不信，車開向陌生的街路，開向我人生很不一樣的下一個階段。

到了搬家時分，「稿神」亦有脫稿危機

❖ 馬家輝

我是專欄老手了，編輯約定週三中午交稿，多年以來，我總有辦法在星期三的十二點前按鍵傳出稿子，有時候甚至會提早一、兩天交稿，如果出門旅行，更例必在啟程以前完成任務，交出所有備用存稿，所以編輯小姐通常都很愛我，甚至曾經有人賜我「稿神」之譽，可見我的專業精神是何等高超。

這都只因家教良好。

我的父親曾經擔任香港某份最暢銷報紙的總編輯，我是「高幹子弟」，蒙受父蔭，作威弄權，十七、八歲開始已經有機會在報上撰寫專欄，我寫的稿子不管多爛多差，副刊編輯從來不敢退稿，因為我爸是他的上司的上司的上司的上司，而我也愈來愈狐假虎威至不可收拾之境，稿子遲交再遲交，經常連累編輯沒法下班，坐在報社內痴等再痴等，好幾回甚至脱稿不交、消失無蹤，編輯小姐唯有臨急臨忙找其他稿子補白填空，但仍敢怒不敢言，可憐萬狀。終於，紙包不住火了，吾父於知悉劣行後，半夜下班回家，藉著幾分醉意，把我從睡房喚至客廳，著著實實地訓話了三十分鐘，告誡我，今後欲以文章為業，必須尊重編輯也尊重自己，如廣東人所慣説，「做人必須有衣食」，亦即為自己的生存狀況負上全盤責任，切勿馬虎。

簡單地説，就是：準時交稿。

從此，這四個字成為「馬氏家訓」，三十年了，我不敢忘。

然而這兩個星期的專欄稿子竟然有勞編輯小姐追了又追我才交出，像今天這篇，明明答應週二交稿，結果，到了週四深夜，我於接連收到報社編輯的微博留言、手機短信、電郵查問後始坐下來埋首提筆，簡直有辱「稿神」美名。理由？很簡單，正是被本週主題所累：搬家。

尚餘十天我便要搬家了，從香港島搬到九龍半島，十天以前已經開始打包整理，一千多本書，逐一分類放進紙箱，有些還要特地挑出另做處理，主要是捐給中學圖書館，而大女孩亦正好從國外放假回港吃喝玩樂，我必須陪伴她（或央求她陪伴我），加上七月乃書展旺季，答應了中山書展的演講活動，更答應了香港書展替李敖、林青霞、黃碧雲擔任演講主持（別忘了，我在香港文化界向來有「主持之王」稱號），工作如潮湧至，忙得焦頭爛額，忙得竟然幾乎不記得有《對照記@1963》這回事了，真是罪該萬死，還請兩位同生於一九六三年的大陸和台灣大叔包涵見諒。

此回搬家，不得不承認，是傷感的事情。我居住的港島社區叫做「杏花村」，字非常典雅，環境更見幽靜，極適合討厭喧鬧的中產小資如我輩立足，打從一九九七年我於美國回港之始，已居於此，十四年間搬了三回，五十平方米，七十五平方米，九十平方米，一〇〇平方米，房子面積變大了，但都是留在原區，不離不棄，莫失莫忘，就是不願離開。直到如今，不走不走仍須走，為了某些工作原因，沒法不移居往維多利亞港的另一個方向，從這頭到那頭，從此岸到彼岸，辭謝杏花，難免不捨，唯有他日在照片影像裡重拾記憶。

說來這是第三回的傷感搬家經驗。第一回，不是我搬，是我替姐姐搬，她要結婚了，夜裡喚我幫忙收拾行李，收著收著，大家都流眼淚。我家睡房木門上有一個長年被電影海報遮蓋著的小洞，是某次跟她吵架，她脫下高跟鞋，用鞋跟往我頭上打下，我閃開，連累木門遭了殃，為了不讓父親知道，只好貼上海報掩護偽裝。我和姐姐哭完，談及此事，破涕為笑，翌晨睡醒，姐夫前來把她接走，從此我們由兩姐弟變成「兩家人」了。那已是二十九年前的事情。

另一回，輪到自己搬。赴美攻讀博士班，離家前，在台灣結了婚，再返香港把所有能夠帶上的東西都帶上或寄出，父母家裡不再留有屬於我的物品，所以也不再等同於「我的家」。早上，他們和我到飛機場飲茶吃點心，然後，他們目送我穿越離境大門，揮揮手，再見啦，我母我父，從此亦似是「兩家人」了。那已是十九年前的事情。

人子，人弟，人夫，人父，人師。一路搬家，亦是家的「分裂」，生命的路途彷彿由無數的紙箱堆砌而成，當紙箱倒塌，便是，結束。

三百箱書和四條漢子

❖ 胡洪俠

「你聯繫好搬家公司了嗎？什麼時候到？」我問。

「下午就到，你趕快裝箱吧，不用管那麼多。」她說。

裝箱裝箱。我都裝了兩個多月箱子了。我都裝了三百多個箱子了。上次搬家，找一家百貨公司的朋友幫忙，搜羅了兩百多個紙箱。那簡直就是食品包裝的小小檢閱：速食麵、礦泉水、牛奶、啤酒、白酒……各類紙箱一應俱全。有些小品牌，紙箱的品質也差，一心想著節約成本。大品牌就不一樣了，厚紙板，箱體挺括，堅實耐用。這次搬家，吸取教訓，不找百貨公司，直接找印刷廠。印刷廠的箱子本就是裝書的，用著方便：大、中、小三種規格，大號的裝十六開書和線裝書，中號的裝精裝書，小號的裝小開本平裝或大畫冊。廠家運箱子來時，保安熱情地問：「你們家做什麼生意？這麼多箱子裝什麼？」我笑笑說：「書。」他說咱們社區住宅樓是不允許開書店的。我說我不開書店，就是往箱子裡裝書，然後，運走。他滿臉狐疑，在腰間對講機吱吱啦啦的聲音中，晃到另一單元去了。現在好了，兩個多月了，客廳裡已整整齊齊碼著三百多箱書。散兵游勇所剩已不多，很快大功告成。

「你給搬家公司說咱們家的情況了嗎？」我問。

「說了說了。我說我們要搬家。人家問：都有什麼？我說，就日常用品，電視冰箱什麼的都不搬。」她說。

「書呢？」我手一揮，橫掃一片整裝待發的書箱，「你沒說這些？」

「說了。人家問你們家還有什麼，我說還有點兒書。」

「什麼？有點兒書！」我突然哈哈大笑，「這叫有點兒書？」

「那沒辦法。」她也笑，「聯繫了多少搬家公司了，一說三百箱書，人家要麼不來，要麼漫天要價。只能說有點兒書了，等人來了再說。你別廢話了，趕快幹活。」

當年的書房一角。很遺憾，忘了拍點「三百箱書」及四條漢子搬運書箱的場面了。

我一下子讓「有點兒書」搞得心情很好。我來深圳時，帶了三十多箱書過來。肯定在廣州火車站丟了一箱或兩箱，因為時常就會發現某種書有上冊沒下冊。搬離黃木崗安置區時，書變成了六十箱。第二次搬家時，又變成一百五十多箱。第三次搬家，我對著兩百多箱書，發誓要淘汰五十箱，未遂。這次是第四回搬家了，總箱數過了三百。多年以前一位朋友的話我一直記得。他說：「人啊，要活得輕鬆，就一定要家徒四壁，一定要身無長物，一定不要買房做房奴。有輛車就夠了，簡簡單單的行囊都在車上。到處租房子住，這兒住煩了，就換個地方。像你這樣，四壁都是書，你腿腳就邁不動了。你慘了。」是的，是很慘。如果不再搬家就好多了。如果不再買書也會好得多。我對朋友說：「人到中年，要開始做減法，開始歸零。你都快成零蛋了，很好，向你學習。」可是如何向他學習呢？要修練到那種境界就得多買書多看書啊。

草草吃過午飯，開始巡視滿客廳碼成一人高的書箱，開始有一點擔心：這樓板，頂得住書箱的壓力嗎？千萬別轟隆一聲響，六樓就變成了五樓……正胡思亂想之際，有人敲門了。

我心情忐忑地去開門，像做了虧心事一般。

門外站著四條漢子，兩高兩矮，三中年一青年，臉上都浮現「職業笑容」，其中一個黑黑的高個子中年似乎是四人中的頭領。他說：「老闆，搬家？恭喜恭喜。」看我一眼之後，幾個人不理我了，眼睛齊刷刷射向一排排箱子。「黑高個」問：「老闆，箱子裡是什麼？」

我不好意思地笑笑，小聲說：「書。」

「全是書？」四個人都搶著問。

「全是。」

「黑高個」把手一揮：「走！」四個人有左轉有右轉都是向後轉。

她追過去：「怎麼走啊？不是說好了嗎？」

「黑高個」說：「你是說好了，可是我們的接單員騙了我們。她說沒別的，就有點兒書。這個價錢，這些書。走走走。」

我必須出馬了。「回來回來回來。」我每人遞上一根菸，她也每人送上一瓶水。「加錢加錢。」我大聲張羅。她也連忙跟上：「你們說加多少錢？」

「黑高個」說：「最怕搬書。死沉。」他過來用手掂了掂箱子的重量，又用眼睛大致點了點數量。「你們說的是兩車。六車也裝不完啊。」他說了需加的錢數。

「好了好了，裝車。」我說。

這時，一矮個子很認真地對我說：「老闆，這些書，要賣廢紙得賣多少錢啊。」

「什麼？廢紙？」我「啪」地拍了一下身邊的書箱。

20 收音機

廣播生涯的「地下」開端

❖ 楊照

那是一棟高樓，高度在當時的台北可以排得上前十名，超過三十層樓高。前面臨著羅斯福路，後面是師範大學的校園，附近的樓房跟它相比，都遠遠矮了一大截。

不過樓下入口門廳和樓的氣派高度形成強烈對比。門廳窄窄暗暗的，就只是給了讓人等電梯的一點空間，沒有其他任何講究之處。因為這是一座純住宅大樓，不是辦公用的。

我搭了電梯上去，在一群一模一樣的大門中，找到了對的號碼，摁了門鈴，門開了，門內的格局，果然也就是典型的台灣住家空間。不同的是，應該擺放茶几和電視的地方，擺了幾張鐵灰色的辦公桌。

在美國留學時熟識的朋友過來打招呼，把我帶進住家的一個房間門口，聊了幾分鐘的話，房門打開，一個人走出來，換我走進去，讓自己盡可能舒服地坐定在桌前的椅子上，戴上耳機，聽到隔著玻璃另一個房間的工作人員指示，吸口氣，對著麥克風用閩南語說：「各位收音機前面的聽眾朋友，大家晚安，歡迎大家收聽《台灣文化情境》第一次的播出……」

我的聲音即時傳出去了，那是我的第一個廣播節目，時間是一九九三年年底，節目簡單到近乎簡陋，因為是在「地下電台」播出的。

那是台灣「地下電台」的黃金年代。國民黨控制了所有的電波權利，嚴格審核廣播電台的執照，然而他們的想法、他們的管制，跟不上科學技術的快速進步。他們想像中的廣播電台，有多間龐大寬敞的錄音室，有昂貴複雜占空間的播音設備，還要有眾多技術與編導人員。然而現實上，播音設備變得極其方便，只要幾十萬就能買到，再花個幾萬塊架好發射台，聲音就能化成音波即時傳送出去了。

一時之間，出現了好幾家沒有執照，也絕對不會去申請執照的「地下電台」。找一

剛回台灣加入地下電台時，和父親在花蓮的合照。

棟夠高的樓租個單位，將發射台放在樓頂，打通兩個房間，一間當錄音室、一間當控音室，設備裝上去，一個電台就形成了。

「地下電台」當然是為了要講「地下」的內容，也就是國民黨政府禁止人家講的話。所以一開始，幾乎所有的「地下電台」都是講閩南語的，因為那是國民黨不准公開使用的「方言」，任何話公開用閩南語講，就帶著高度犯忌挑釁的意味。

「地下電台」的簡單、簡陋，卻正是吸引聽眾的核心力量。過去國民黨管控下，電台很少有現場節目，播出的都是錄音審核過的內容。字正腔圓、裝模作樣，而且千篇一律，跟一般人的生活大有距離。

「地下電台」完全相反，幾乎百分之百都是即時現場節目。一聽就知道講話的人手上沒有稿子，信口想到哪講到哪。事實上也不可能有預先準備的稿子，因為這種節目的重點，是要開放 call-in，讓聽眾打電話進來講他們要講的話。

有些節目主持人根本就只負責接電話，從頭到尾都是聽眾打電話進來發洩厭惡國民黨情緒的。有些節目主持人接了電話，還會煽風點火發表評論意見，或者跟電話裡的人辯論吵架。我認識的一個主持人，主持節目時，有人打電話進來說：幾個在監察院前面陳情示威的人，被警察團團圍住了。他立刻號召聽眾趕往支援，很快地就有幾輛計程車到了現場，又打電話進來報告消息，滾雪球般，到他一個多小時後下節目時，監察院門口已經有了上千民眾，加上增援的幾百名警力，情勢嚴峻。這位主持人事後心有餘悸地跟我說：「真的，從來不曉得自己可以有那麼大的權力，我在錄音室裡什麼都看不到，但如果我喊：『打啊！』是不是那邊就有幾百個人跟幾百個警察打起來了呢？」

參與這家「地下電台」的，其中一個就是我留學時的同學。除了反對國民黨，追求民主之外，他還懷抱著文化的夢想，所以找了我，希望有些節目可以不只讓人 call-in 來罵國民黨而已。我其實不知道怎麼做一個廣播節目，也不知道在節目上說些什麼，但反正是「地下電台」嘛，莽撞地就答應了。

當時更不會知道，就是從那天開始了我至今將近二十年，持續透過收音機和聽眾溝通的廣播生涯。

收音機殺人事件

❖

馬家輝

收音機於我而言從來不是和諧之物。且讓我說說一樁聽來的悲劇舊事，嗯，或許可以稱之為「收音機殺人事件」。

小時候住的那幢大廈，設計古舊，客廳有一面窗戶，推窗往外望，是黑漆漆的「天井」，前面左面右面都是其他住戶的窗子，中間便形成了一條正方形的空洞洞的垂直隧道，往高攀升，我住七樓，伸頭出窗，朝下看去，有六層；往上看呢，則有十三層，但看不見天空，只見「天井」盡頭是墨黯，偶爾傳來幾聲貓叫，像尖銳的爪子在黑暗的皮膚上劃出幾道血痕，孩子們難免心頭震動，幻想那窗外就是地獄的所在。

貓咪當然不是住在天井的盡頭而是在地面爬動。由於家家戶戶經常把瑣碎廢物往窗外亂拋，地面遂積滿了垃圾，變成另一個垃圾房，陣陣臭氣酸氣朝上衝，尤其夏天，酸氣臭氣夾雜著暑氣熱氣，即使關緊窗子，味道仍會滲透入屋，但這裡成為貓兒的遊戲場和覓食處，牠們由管理員伯伯所養，主要任務是抓老鼠。大廈聘了兩位管理員，都是老頭子，都是高高瘦瘦，一早一晚守在大門內的電梯口，看見我和姐姐出入，總是不懷好意地笑著伸手摸一下我們的頭；我們忍耐著，互相安慰道，聽說附近其他大廈的管理伯伯都是來自南亞地區的「阿差」和「阿星」，體味又濃又臭，整天在管理房間內熬煮咖哩飯，比我們這裡的糟糕得多。

「收音機殺人事件」的案發現場正是這個像地獄般的天井。以下是從長輩和鄰居口中聽來的「案情重演」情節：

十二樓B座有一戶人家，父母親和四個子女，如同香港所有普通人家，擠住在四十平米的蝸居，有時候歡樂，有時候爭吵，笑聲和哭聲透過窗戶傳到天井，再傳給各家各戶。說來那筆直黑暗的天井本身便像一具「收音機」，只要微微推開窗戶，除了貓叫，亂七八糟的聲音亦會湧入，尤其到了黃昏時分，為消暑氣，家家戶戶開了窗，傳出來的電視聲、音樂聲、聊天聲、叱罵聲……統統匯流到天井深處，再激盪混雜成一股非常曖昧詭異的波浪雜音，高低起伏地侵襲所有耳朵。好多次了，我和姐姐吵架，或家人之間發生衝突，突然，樓上或樓下的鄰居會關心地推窗隔空喊問，「沒事吧？別吵了！一家人，應該好好相處！」當時只覺被干涉，長大了，回想起來始感受到其中的溫暖。

好了，說到關鍵處。吵架。收音機。為了收音機而吵架。最後死在「收音機」裡。話說十二樓B座那戶人家有一位十四歲女兒，不愛讀書，只愛玩樂，每天下課回家立即抱著收音機不放，那是她的宇宙，那是她的黑洞，她在收音機所播放的流行音樂世界裡自行運轉。有一回，母親為了某些事情跟她爭吵，想必是跟收音機有關吧，否則不會氣得把女兒鍾愛的收音機狠狠地往天井裡扔，轟然一聲，小小的機器從高處墜落到地面跌個粉身碎骨，那女孩，想必傷心欲絕。當時我沒在家，聽不見任何動靜，可是大概兩個星期之後，那女孩的跳樓身影從窗前高速閃過之際，我看見了，很模糊也很清晰，模糊的是視覺，清晰的是聲覺，我坐在窗前的小桌子上做功課，忽然隱約瞧見一道巨大的影子從高空往下急墜，然後是轟然巨響，再然後，是呼天搶地的叫喊聲、哭號聲，撕裂人心；又然後，是警車和救護車的響號，我衝到窗前想看個究竟，但外婆把我拉住，不准，「太血腥了！」她說。

那戶人家到底發生了什麼事情，我從未得知，也從未打算細究。記憶中我是見過那女孩的，跟我年齡差不多，打扮時髦，用當下流行語來說便是「正妹一枚」，但再「正」的「妹」的死相亦必恐怖，很感謝外婆阻擋了我的好奇心，為我預先減免了許多恐懼噩夢。我後來在電梯內遇見了女孩的母親，笑咪咪地，如常點頭打招呼，彷彿什麼事情都沒發生。她的表情令年輕的我迷惑了好一陣子，生死大事，原來如果願意，亦可泰然處之。

我十六歲搬離那幢大廈。住了十二年，先後兩回看見窗前躍過跳樓的身影。大廈內也發生了好多次割脈、吸毒等自殺悲劇，也曾有一宗謀殺案，以及兩宗強姦。外婆說得對，血腥，那是血腥之廈，但一回首，盡成故事。

收音機裡傳出我的名字

❖ 胡洪俠

少年時代的無數個清晨，我都是在〈東方紅〉的旋律中醒來的。那聲音來自窗邊牆角的一個小喇叭。東方紅了之後，一定是六點三十分，〈歌唱祖國〉的旋律一定會在這時響起。兩個樂句之後，旋律成為背景，一男一女高亢威嚴的聲音一定接連出現：「中央人民廣播電台，現在是新聞和報紙摘要節目。下面播送內容提要……」半個小時之後，一定是革命歌曲（現在的名字是「紅歌」）和革命樣板戲選段。再半個小時之後，小喇叭突然就沒有聲音了，我們也到了吃早飯的時間了。

少年是人生之清晨。我的清晨就這樣和這組「一定」的聲音緊緊黏在一起。這組聲音，幾乎是那時我能聽到的關於外面世界的唯一聲音，沒有選擇，不能迴避，無法拒絕。它有著沿固定線路而來的固定結構，很少變化，也難得有調整。新聞的內容倒是在變，但我弄不清變化的原因，知道的都是一個又一個的結果：聽著聽著，就反擊「右傾翻案風」了；聽著聽著，周總理逝世了，唐山大地震了；再聽著聽著，毛主席又逝世了，「四人幫」被粉碎了，「李玉和」不再「臨行喝媽一碗酒」了，李雙江的《祝酒歌》則天天在我們屋內院裡飄來飄去。

那時我們家沒有收音機，我們收的「音」都是小喇叭播送來的。大概當時的「革命委員會」覺得小喇叭不夠威力吧，反正是有一天，挨我家外牆立著的那根水泥電線桿上，突然裝上了兩個大喇叭。大喇叭由專人控制，除了播送開會通知，或讓誰誰來取電報，大部分時間是轉播中央人民廣播電台和山東人民廣播電台的節目。大喇叭成了全村人的收音機。這巨大的「收音機」就在我家房頂上啊，喇叭一開，所有的聲音都是瀑布一樣傾瀉下來的，非常壯觀。我沒有因大喇叭而罹患神經衰弱，真算是神奇，這大概得歸功於我對外面世界聲音的渴望：我確是很認真地在聽，因那是寂寞生活裡遙想大千世界的通道。

終於有一天，這個通道裡有了和我有關的聲音。

那時我還在準備高考。有一天，父親收工回家，見了我很高興地說：「匣子裡說你了。」我們老家管收音機叫「戲匣子」或者「匣子」。我說，匣子裡怎麼會說我？父親說：「是啊，我也發悶啊。我和你西頭一個叔叔在地頭聊天。他有匣子，走到哪裡都帶著。就聽見裡頭說，下面播送河北省……我們說，山東台怎麼說河北了。……故城縣……哎，我們說，到咱們縣了。……軍屯公社……你叔說，別言聲，愈說愈近了。……胡官屯村……我們就沒人說話了，心裡說怎麼說到咱們村了。接著就唸出了你的名字。你叔說了，你們家傻老三上電台了。」

我當時也暈乎乎的，立刻有了功成名就的感覺。我多麼想體會聽到收音機裡唸我名字的感覺啊，可是，我們家沒有收音機。

事情說起來也極簡單：我從大喇叭裡一遍又一遍地聽熟了李谷一唱的〈邊疆的泉水清又純〉，張口就能從頭哼到尾。又聽見喇叭裡說，聽了這首歌如果有什麼感想，可以給電台寫信，信件請寄到濟南市某某路某某號。我就寫了一篇聽後感寄了出去。我怎麼會想到電台真的就把我的信唸了出來啊。如果這也算「發表」的話，山東人民廣播電台就是我發表「文章」的第一個媒體了。

後來，我離家出去上學。再後來，小喇叭不知怎麼就消失了，大喇叭慢慢地也不響了，有收音機的家庭卻多了起來。父親喜歡收音機，喜歡聽裡面的京戲、梆子、呂劇和評書。雖說沒有了大小喇叭，卻有了分在自己名下的責任田，但沒有聲音的日子畢竟太靜默了。參加工作後，我給父親的第一個禮物就是送給他一台袖珍收音機，之後大大小小的收音機給他買過好幾個。

我自己，也迷戀過一陣收音機。聽童安格〈明天你是否依然愛我〉時，那第一句歌詞總讓我若有所思：「午夜的收音機輕輕傳來一首歌……」剛聽時我把「午夜」聽成了「無言」，心裡不解：收音機怎麼會「無言」？後來知道是「午夜」時，就覺得這歌詞真貼切：是啊，常常是午夜，抱著短波收音機，找鄧麗君，找「This is VOA……」這樣的日子，終於也和小喇叭大喇叭一起，消失了。

21

求職

一個年輕粗心的助理美編 ❖ 楊照

想想，活到現在，竟然沒有什麼值得一記的求職經驗，這應該算是難得的幸福吧！

求職讓人難受的，包括要寫履歷表。我一向最恨填表格，更恨填交代自己資歷的表格。幾年前，台灣藝術大學好意邀請我去兼課，更誠意地幫我爭取了一份補助，將原本「教育部」規定的兼課鐘點費提高了一倍。坦白說，大學兼課鐘點費微薄到近乎剝削，提高一倍仍然不是什麼大錢，但人家的盛情我當然心懷感謝，不敢拒絕，只提了唯一的條件：不填表格文件！邀請方同意會幫我處理這些瑣事，我只要出席去上課就好。不料開學前，我的郵件信箱中寄來一堆附檔，打開看都是表格，打電話去詢問，助教客氣地表示：已經省了一些文件了，但總還有一些是不能不填的。我很不客氣地回應：「你們把我當作是來求職的嗎？我可不缺一個教書的課堂，更樂得可以不去！」

不只教書可以不去，常常有這個獎那個獎，有申請程序要填表的，多年來，我也一律不參加。你們知道我是誰，覺得我做的事有價值，符合你們的標準，願意給我一點鼓勵，我心存感激。但若是還要我說明自己是誰，自吹自擂有過什麼了不起的輝煌成就，那我不幹，就是做不出來。

這樣的人，如果需要到處求職，一定會很淒慘。也許應該倒過來看，就是因為沒有什麼求職的經驗，所以才讓我有餘裕保持這種臭硬脾氣吧！

還留有印象的求職經驗，是將近三十年前的記憶了。大學還沒畢業，本來想要找個家教工作，卻意外在學校的布告欄上，看到一家雜誌徵求助理美編的訊息。每個星期四小時工作，每個月給四千元台幣的酬勞。算算比教家教好太多了！一般行情，一週兩天的家教月薪兩千五，一週三天的月薪三千到三千五，家教到人家家裡去，一待總得兩個小時左右吧，換句話說，一個月費上二十幾個小時，領到的錢都還沒有這個助理美編好呢！

我趕緊寄信去申請。還好那時人生才剛起步，履歷表上沒有太多內容可以填的。填了高中時當校刊主編，幫忙編過幾期《三三雜誌》，大學時編過一系列的《文訊》特刊，就沒了。幾天之後，竟然收到面試通知，特別提醒記得帶著編輯作品去應試。把編過的刊物收一收，倒也有厚厚的一牛皮紙袋，就出發去了。

那是一家專門服務兒童讀者的雜誌社，旗下有兩種雜誌，一種是黑白的週刊，一種是彩色的月刊。一屋子幾乎都是女性編輯，只有美術主任是男生，臉上掛著又厚又大的眼鏡，讓人根本看不清他的面容長相。他翻看我帶去的刊物，第一個問題問：「你是主編，自己做過完稿？」我指指校刊封面，自信地說：「這個完稿是我自己做的。」他立時拿過一張完稿紙，攤在我面前：「告訴我你怎麼做這張封面完稿。」

這裡要貼「建中青年」標準字，畫好大小格子，注記要「放大到此，燙銀字」。用四色標記告訴印刷廠底色……「你知道四色標記法？」「當然。」美術主任拿出一本雜誌，翻開到彩色漫畫的頁面，「告訴我這些顏色如何標記？」我試著一一指認回答，答到一半，又被打斷了，美術主任指著另一頁的一張大圖，問：「這個顏色呢？你會怎麼標？」我搔搔頭，很誠實地說：「這我寧可用廣告顏料調色，畫好了去照相製版。」當場就被錄取了。開始了我人生的第一份有固定薪水的工作。每個星期六下午進到通常都空蕩蕩的辦公室，我桌上堆著打好字的文稿、插圖或照片、加上美術主任畫好的版面草稿，我打開糨糊罐，拿起鉛筆和針筆，開始一頁一頁貼完稿。

完稿工作之外，還要幫一位替雜誌畫專欄的漫畫家著色。他的稿子只有前面幾頁上好顏色，其他都是黑白稿，我的任務是按照彩色稿設好的顏色，把黑白稿一張張變成彩色稿。那是很費心力和眼力的工作，一不小心就會出錯。

差不多過了十年，我結婚了，太太的妹妹開了一家幼稚園。我在幼稚園的書架上意外發現一本漫畫，翻了幾頁，忍不住大笑，太太和小姨子問我笑什麼，我拿給他們看：漫畫裡有一格，畫中人物的衣服沒有顏色：「這裡畫漏了。」「是啊，畫漏了，但有什麼好笑的？」我誠實地回答：「因為這本漫畫是我著色的。」

只要我想要，必是我的

❖ 馬家輝

第一回認認真真地寫信求職，並非在大學畢業之後，而是在之前，在大學四年級的下學期，成功取得工作，每天既上學也上班，自覺比同學超前了半步，遂在校園內抬頭挺胸地走路，好不驕傲，用台灣俗語來形容就是：「走路有風。」

在香港讀中學時當然也幹過暑期工或課餘兼差，但那不太需要什麼求職，反正就是行經路邊店舖，瞧見門外貼著「招請員工」之類啟事，便走進去問問，有就有，沒就沒，而我幸運，從來沒被拒絕過。

我幹過的工種也不算太多，馬來西亞餐廳的服務生（結果認識了一群愛嫖愛賭的年輕同事）、文具店的售貨員（結果因為只顧站在書架前看書而被老闆娘炒魷魚）、工廠的貨品裝拼員（結果只做了三天便嫌過於刻板而說再見）、搬家公司的搬運工人（結果第一天上班便因力氣不足而被趕走）、旅遊團的導遊（結果這是最讓我有滿足感的一份兼差，我像馬戲團的馴獸師，面對陌生的團員，慢慢令他們聽從指揮），皆屬短期客串，沒啥成績可言。

嗯，對了，幾乎忘了還有一份頗為怪異的工作，那就是，在夜總會當服務員，但不是陪喝陪唱而只是端茶送水點菸。夜總會位於尖沙咀，屬於中高檔，我看了報紙上的徵人廣告，特地跑去求職，時近黃昏，經理跟我坐在大堂沙發上見面，小姐們陸續三五成群地進店上班，或艷妝，或素顏，見我年少，遠遠來一個惡作劇式媚眼，已足把我魅惑得神魂顛倒。經理當時跟我談過什麼，我統統忘了，只記得他提醒了一句：「後生仔，不必這麼猴急，上班之後，看女人的機會多得很！看不完呀！」

我低頭不語，在暗淡的燈光裡，我察覺到自己因羞愧而臉紅。

這份工作我只幹了三天，好是好，果然有看不完的美女，但太累了，那陣子我處於赴台升學前的 gap year，即「空檔期」，儘管白天不必上課，可是熬夜的日子妨礙閱讀和寫作，不合我的口味，我終究嗜好於紙張筆墨，再墮落亦未至於見色忘書。

到了台灣之後，四年歲月，曾在出版社做過兼職編輯和策劃（志不在賺錢而是有機會接觸我心儀的作家），亦曾在大學附近擺地攤做小販（同樣志不在賺錢而是有機會每天接觸大量的陌生女子），但一直到了四年級下學期才正式找尋一份固定的工作，某天，讀到報上某廣告公司的徵才啟事，放膽寄信一試，說真的，那時候還蠻有信心，幾乎志在必得，只因我在大學二年級已經在一間不錯的出版社出了一本關於李敖的研究專著，自覺區區一個廣告文案員崗位，只要我想要，必是我的。

事實亦證明如此，我寫了一封頗為囂張的應徵信，標題是英文的「Only Time Will Tell」，意指時間將說明一切，說明我是天生的廣告奇才，說明我將成為華人廣告界的英雄霸主，說明我將效忠他們並為他們創造業績，諸如此類，諸如此類。信寄出後，不到五天，電話打來了，邀請我往公司面試，由總經理和創意總監親自接見，我們高高興興地聊了半小時，還記得對方問的其中一個問題是：「我們什麼客戶都有，假如明天要你撰寫一則衛生棉商品廣告，你行嗎？你懂嗎？」

我笑著回答：「本人自小跟著家裡的老幼婦女合共六人一起成長，從衛生棉到胸罩內褲，從洗衣煮飯到照顧嬰兒，我都行，也都懂。即使不懂，願意學習和研究，別

在《大地》地理雜誌社工作時結識了女朋友，往後二十年，天涯海角結伴同行，她成為我孩子的娘。

忘了我念的是台灣大學，台大學生，不會被難倒！」

真是少年志氣比天高，而最難得的是竟然有人包容和欣賞。那次招聘，兩百多人應徵，公司只雇用了兩位員工，一位是具備十多年廣告創作經驗的老手，另一位，是毫無廣告創作經驗的區區在下小弟我。

然而廣告工作我也幹得不久，未到半年，已有朋友找我跳槽到《大地》地理雜誌社，花了兩年在東南亞遊歷採訪。那是一份夢幻職業，年輕，自由，浪漫，出門在外，吃老闆的花老闆的，回來寫個萬把字便有薪水可領，更在辦公室結識了女朋友，往後二十年，天涯海角結伴同行，她成為我孩子的娘。

想來還真覺得對廣告公司的總經理有所虧欠。他賞識我、栽培我，我卻於短時間內予以離棄，雖說是自由選擇，終究不合人情；所以當我在離職當天到辦公室欲跟他告別時，他明明在裡面，祕書卻說他不在，我苦笑一下，轉身走開。

其後我做了別人的上司，當然更能體會他的心情，同時也對自己當年在求職時的囂張妄想感到羞愧，「到老方知非力取，三分人事七分天」，我真是一個不知天高地厚的香港白痴。

和一場大雨不期而遇

❖ 胡洪俠

一九九二年的深圳雨季特別像雨季。豪雨說來就來，說走就走，正彷彿那一年深圳的另一番熱鬧：數不清的考察團、招商團突然從四面八方湧來，家家酒店，天天紅火，一派「東方風來滿眼春」的繁忙市景。

那天我從深圳迎賓館市領導會見海口市黨政考察團採訪現場出來，騎單車回報社發稿。剛到解放路，就和一場晴天霹靂般的大雨不期而遇。我沒帶傘；又因心情豪邁，乾脆也不躲，把自己想像成茫茫雨中獨與天地往來的行者。痛快！再大一些，再猛烈一些。我正可以藉一場瓢潑大雨，將一段記憶澆透。

這場突如其來的雨，在我與一個人不期而遇之後，來得真是時候。

會見活動開始，海口方面介紹代表團成員，我隱約覺得現場有位女士很面熟。「不會是她吧。」我想，順便瞄了一眼手中的名單。天，果然是她。這個名字！我手中的筆忽然自行發動，在那個名字上手起刀落，劃來劃去，唰唰唰唰。採訪席上我身旁的一個人厲聲質問道：「你什麼意思？」我一驚，才發現我的手幹了一件我的腦子來不及約束的事。「呵呵，」我說，「沒什麼意思。你是？」對方說：「我是《海口晚報》的。」

「這麼巧。」我暗想：「小子，你哪裡知道，你這家報紙還沒成立時，我就已經去求職過了。當年如果能留下，我已然是你前輩，還輪到今天你來質問我？」但我一時也不知如何解釋。「對不起。」我說，「我的筆不太好用。」

真沒想到又遇到她。驟雨之中，這個名字和我的單車一起，讓雨水沖得東倒西歪。

一九八八年，在海口，這個名字後面的職務不是剛剛所見表中所列的名頭。那時大家都叫她「常委」。海南啊海南。那年，海南是內地無數人的「夢床」，所謂「十萬大軍過海峽」，而我是其中之一。去了《海南經濟報》，去了《海南日報》，又去了

《海南開發報》。大家都說來海南想當記者的人太多了，不妨去試試其他行當，比如倒賣點緊俏物資或在街頭擺個小攤。眼看快流浪一個月了，工作的事依然沒有眉目。無奈，同伴和我商量：「還是找找關係吧。我們太天真了，以為來海南求職要靠本事的，看來不靈。」我只好翻出通訊錄，找到一個名字和電話，開始聯繫。招待所裡的那個電話聽筒已經是我們最後的一根「稻草」了。來海南前一位好朋友給我們這個號碼時，我們狂傲得不得了，說用不著用不著，我們有的是新聞作品：「海南，大特區啊。什麼地方？自由實現夢想的地方。」如今，呵呵。好了好了，在髒衣服裡挑出件乾淨衣服，登門拜訪找關係。

「哎呀——」好不容易找到的那位「朋友的朋友」大嘆一聲，「你們來湊這個熱鬧幹什麼。現在海南最容易找的是人，最不容易找的是工作。」

還好，過了幾天，消息來了。「朋友的朋友」說：「海口要創辦一家晚報，和負責籌備此事的領導聯繫上了，去碰碰運氣。」於是，我們就見到了「常委」。

「常委」很忙，說話也算和氣。她掃了一眼我們的簡歷，說：「晚報招人是要有條件的。人太多了，沒條件怎麼行？基本條件嘛，三個『以上』。」我們瞪大眼睛，希望她慢慢說出這三個「以上」，唯恐心中的希望氣泡破滅得太早太容易。「這第一個嘛，」她說得倒也從容，「是大學本科學歷以上。學歷還是要講的，不然怎麼能證明你的才學？」打擊還是提前來了，我們拚命點頭，自己也說不清這點頭是表示同意還是不同意。「這第二個『以上』，是中級職稱以上。」她接著說，我們接著點頭。「第三個呢，是原工作單位要是省級報紙以上。啊。」她「啊」了一聲，表示講話完畢。我們連連稱謝，好像工作已經到手。其實，「三個以下」啊，我們；「三個以上」三座山，一座也沒登上去過啊，我們；走吧，我們……

然後我就考上研究生去北京上學了，然後就來了深圳，再然後，就是今天，又遇上了「常委」。「常委」自然不再記得我。我本來想去和她打個招呼，但卻不知說什麼。也許真的該當面表達謝意的，不然今天我怎麼會出現在深圳突如其來的這場大雨中？命運真好玩兒。我抹了一把臉上的雨水，衝出解放路，任單車在深南大道上狂奔。

22

報紙

躬逢其會的報業盛世

❖ 楊照

那是台灣報業大爆炸的時代，那是兩大報激烈競爭的時代，那是副刊獨大的時代，那也是文學獎大放異彩的時代。我成長的時代，我開始養成讀報習慣、進而開始寫作的時代。

那樣的時代，有其特殊的背景。戒嚴狀態下，媒體是國民黨管制的重點。完全沒有私營的電視台，三家電視台分別屬於：台灣省政府、中國國民黨和國防部。也幾乎沒有私營的廣播電台，而是每個不同的政府單位，各自成立電台，占滿了空中頻道。

按照國民黨的管制邏輯，照理說也不應該有私營的報紙。然而早在國民黨建構好全面報紙管制之前，已經存在了好幾家報紙，其中有幾家報老闆還和黨政高層維持良好關係，沒道理、沒辦法一下子說關就關。

不能關，那就管吧！一定要嚴管的，是政治消息，所以即使是私營的報紙，刊登的「大新聞」，和公家報紙不會也不能有什麼差別。私營報紙有市場生意上的壓力，如果只登和公家報紙都一樣的消息，誰要付錢買報紙呢？

於是由《中國時報》的前身《徵信新聞報》開啟其端，後來《聯合報》積極跟進，找了一個突破點——社會新聞，尤其是具有聳動性的社會新聞。公務員身分、公務員心態的公家報紙記者，不可能那麼積極採訪社會新聞，更不會努力去找出渲染性的新聞寫法，靠提供公家報紙上看不到的社會新聞，私營報紙就能掌握市場了。

然而這樣的策略，到了一九七〇年代初期，蔣經國全面接班，愈來愈行不通了。蔣經國施政的重點之一，是「端正善良社會風氣」。台灣經濟正在起飛，社會開始嘗到過去不曾有的富裕滋味，難免就有了一些普遍貧窮時代不會有的現象，受過蘇聯影響，終身沒有真正離開左派政治信念的蔣經國，可就看不慣了。

「端正善良社會風氣」也就包括了給常常全版刊登謀殺案情的報紙，不客氣地警告。儘管這時候，《中國時報》的余紀忠、《聯合報》的王惕吾都和蔣經國有私交，他們都還是承擔不住反抗政策走向的壓力。

所以報紙的經營重點非轉向不可。能朝哪裡轉？又是《中國時報》先走了新路，《聯合報》立即跟進：將焦點放在本來的「報屁股」——副刊上。

那個年代，國民黨的「報禁」不只規定不增發報紙執照，而且規定一份報紙頂多只能出版三大張十二個版。扣除掉廣告，剩下六、七個版，再扣除掉一定要和其他報紙大同小異的政治新聞、社論，只剩下三、四個版。報業真正的競爭，就在這區區幾個版的空間上。

副刊占了整整一個版，還有，副刊沒有非得刊登不可的規定內容，可以做出真正不一樣的內容來。余紀忠找了高信疆主持《中國時報》的「人間副刊」，天天有新想法新寫法，一下子吸引了社會的眼光。受到威脅的《聯合報》，由瘂弦領軍，趕緊跟上，也把「聯合副刊」辦得五花八門、有聲有色。

那真是個「屁股轉做前鋒」的怪異狀態，許多讀者拿到報紙，先打開副刊，讀完副刊才回頭看前面的「要聞」版面，心中明白，「要聞」版上再怎麼重要的新聞，不會有副刊文章精彩新鮮。

兩大報的報份快速成長，進入一九八〇年代，紛紛號稱「百萬」了。大概一千六百萬人口的社會，竟然擁有兩份發行接近一百萬的報紙，而且刺激報份成長的重大力量竟然還是來自於文學、文化性質的副刊，何其盛哉！

水漲船高，連帶著那個年頭的文學，也盛氣淋漓，大受矚目。大學二年級，一天早晨起床打開報紙，赫然發現「人間副刊」上以大半版的篇幅，刊登了我的小說〈文革遺事〉，心臟幾乎瞬時從嘴裡跳出來。那是我投去參加「時報文學獎」的作品，進入決審，在決審委員最後討論投票中敗下陣來，輸給了李渝的〈江行初雪〉，雖然沒得獎，但副刊主編決定留用發表。

出了門，在站牌下等公車去上學，我的臉一直是紅的。因為光是那個站牌下，就有三個人，兩女一男，攤開《中國時報》，一邊讀我的小說一邊等車。他們不會知道小說的作者站在他們身後一、兩公尺處，但我就是覺得極度地不好意思，一種不預期的光榮帶來的不好意思。

叔叔從口袋裡掏出鈔票，給我帶回家 ❖ 馬家輝

相信有極多朋友聽過我不厭其煩地講述這個老笑話了：我父親曾任香港某報總編輯，我是報社內的「官二代」和「高幹子弟」，所以，我打從十七歲開始便有資格寫專欄，而且愛寫什麼就寫什麼，愛寫多長就寫多長，從來不會有人夠膽退我稿。

其實，提筆多年，雜文是每天寫，也寫過小說、新詩，嘗試不同文類的空間與局限，而於好多好多年以前，信不信由你，我也寫過馬經。

那只是代筆，而且，只有一次，就這麼一次，成為寫作生涯裡極珍貴的回憶。

忘了是幾歲了，總有十來歲吧，中午下課返家，父親如常仍在熟睡，因他在報社上班，那時候他還只是小記者，半夜始回，在花樣年華裡過著勞累不堪的工作日子。

那時候父親用了一個筆名在某報撰寫馬評專欄，十年如一日，每段稿子的首句皆為「是日也……」然後才細論馬匹狀態之好壞。他沒有每天往看晨操，但有人代勞，清晨去完馬場，中午準時打電話到我家給我父親「報料」，吾父用筆記下重點，掛線後，龍飛鳳舞地用極潦草的字體把好幾張稿紙填滿，再分成兩疊，囑我於飯後把稿子分別送到灣仔和中環兩間報社。

這是我和父親之間的分工，他寫稿，我「送稿」，一家八口每月的若干花費便由此而來。但終於有一天，機會來了，我扮演了「一腳踢」的角色，從寫稿到送稿一手包辦，因為父親不知道是生病了抑或喝醉了，當電話來時，他沒法爬起床接聽，只能像說夢話一樣含糊地說，家輝，你搞掂佢啦，你得㗎喇（你把事情搞掂吧，你是很行的）。

於是我懷著新鮮的亢奮接聽電話，手忙腳亂地記下了一堆什麼「毛身有汗」、「後腿疲累」、「跨步乏力」之類的關鍵字句，以及幾匹馬名，隨即攤開稿紙，像在學校寫作文般把筆記重點延伸為完整的句子，寫完，看一遍，不滿意，撕掉重寫，第二次便

我十來歲時，父親還只是小記者，在花樣年華裡過著勞累不堪的工作日子。但他的報社生涯對我的影響遠比我原先以為的多而深。

覺得比較像樣了，除了字跡迥然有異，語氣還真寫出了一點「家風」，乃把稿紙折好，吹著輕鬆的口哨出門送稿去也。

翌晨翻看報紙，我的「馬評」刊登了，掛在父親的筆名之下，儘管寫的只是馬經而不是文學小說，我仍暗暗產生幾分「繼承父業」的榮譽感。

事後回想，父親的報社生涯對我的影響遠比我原先以為的多而深，如果不是他以編報和寫稿為業，我其後於完成博士學位後不會甘心到香港報社擔任了十四個月的副總編輯。即使從細微小處看，亦是，例如某年某月我於寫稿後，準備把稿紙餵進傳真機，站在機前，忽然住手，決定親自把稿子送往報社，重新體會這種遺忘已久的習慣。

這個動作叫做「送稿」，在傳真機出現之前，常見，寫作人如果不預先把稿件寄出，便須每天準時將之送到報社編輯手上。為省錢，不用信封，只把原稿紙左右對折兩次弄至穩實，乍看似一個紙荷包，上寫收稿編輯的名字，投進報社門外的集稿信箱，很有千里送書的親切意味。

小時候常幫父親送，後來幫自己送，我和父親在外貌與性情上都很不一樣，寫稿和送稿的經驗幾乎變成我們之間的僅有共鳴。

父親在報社上班，總是夜歸，早上掙扎起床寫稿，麻密密寫滿一堆，折成一個個紙荷包，置放桌上，然後返房間睡一個回頭覺。我下課返家，匆匆吃飯，匆匆把一個個紙荷包帶出門分別送往灣仔和中環報社。好幾回送的不僅是紙荷包，更有信件，編輯叔叔匆匆看過，從口袋掏出數百塊錢囑我帶回，我才明白家中經濟又出了問題。也許正因寫稿是養家活兒的要緊事，那時候的寫作人不會珍惜筆墨，每天寫寫寫，多多益善，但在忙寫亂寫之際卻仍注重一些在今天看來可能是頗荒謬的「編寫默契」，譬如說，寫稿必用原稿紙，方便編輯部計算字數；譬如說，交稿準時，方便編輯部發排作業；譬如說，不強求親自校對稿子，尊重編輯部的程序安排。不知何故這一切在傳真機時代來臨之後驟然改觀，新時代的「編寫默契」簡單直接得多，編與寫之間只是供求關係，誰也不欠誰，編的沒有高人一等，寫的毋須事事配合，寫稿發稿兩相安。

更有趣的是不僅「默契」轉型，連語言亦是。某回我曾彬彬有禮地向一位寫作人說「請賜稿」，換回的卻是她的哈哈大笑，她說「賜」字太謙卑了，不要再用。這讓我聯想到羅蘭・巴特在巴黎大學的演講，「一批新人物出現在舞台上，我們不再知道（或還不知道）怎樣稱呼他們。是作家、知識份子，還是思想家？無論如何，文學的統治傳統已經消失，作家再也不能耀武揚威了。」或許，相對而言，同時消失的不僅是作家的統治傳統而更是編與寫之間的尊重傳統。

我父親於十多年前已從報社退休，早停筆了，甚至連馬也不賭了，但他改為賭球，一天二十四小時都可以下注，是日也，如常地，他輸得十分淒慘。我非常同情他。

懷念一種心情

❖ 胡洪俠

三、四十年前的農村真安靜啊。村南一頭牛「哞」地長叫一聲，村北都聽得真真切切。

「電驢子」的聲音總是在傍晚的時候響起。村裡的人，不管住哪條胡同，都聽得見，也都知道公社郵電局送信送報的老馮來了。正等著遠方來信的人，等孩子或親戚寄錢寄包裹來的人，這時候就會滿懷期待，提著一顆懸空的心，急匆匆朝「小點兒」走去。路上若碰見誰，不等對方開腔，就主動地說：「聽著了嗎？電驢子來了。東北匯來的錢該到了，有二十塊呢。等錢用，這不，我去看看。」對他們而言，「電驢子」連綿不絕、忽高忽低、忽遠忽近的「突突」聲，就是外面的世界吱吱呀呀開門的聲音。這聲音顯得急切而躁動，不由分說就打破了裊裊炊煙籠罩下的安靜。村裡人盼望這聲音。村裡人的心中，也有急切和躁動的時候。

對了，得先來幾個名詞解釋。「電驢子」就是那種老舊的摩托車，沒有消音器，動靜大得近乎不講道理。「公社」的全稱是「人民公社」，後來這個名稱就廢了，改稱鄉或者鎮。「小點兒」是代銷點的簡稱，專從公家供銷社裡批發些油鹽醬醋茶之類日用雜貨在村裡賣，相當於現在的小店。三十多年前，我們那個公社，遠近二十一個村，僅郵電局有一輛摩托車。騎摩托的老馮，穿一身綠色制服，一個村又一個村地跑，等「突突」到我們村時，天往往就快黑了。

「小點兒」離我家僅二、三十步之遙。聽老人說，這「小點兒」所用的房子，原是胡家的家廟，土改以後給沒收充公了。「小點兒」不是只賣雜貨那麼簡單，它還是村裡人聊天的地方，打發時間的地方，傳播東家長西家短的地方。它是村裡的「公共廣場」，狹窄的空間經常擠得滿滿的，劣質紙菸的味道異常猛烈，惹得剛登門的女人咳嗽一、兩聲後就朝抽菸的男人開罵：「抽抽抽。抽死你們。」「小點兒」深夜才關門，那裡的燈光是全村最晚熄滅的。寫到這裡，我似乎又看見了昏黃油燈下煙霧彌漫的櫃檯與貨架，又聽到了老老少少、男男女女的問候聲、調笑聲、打罵聲。

因為近的緣故，我就成了「小點兒」的常客，從小學到中學，從身高高不過櫃檯、看不見貨架，到有一天，我的腦袋終於可以在櫃檯之上朝裡面探來望去。我尤其渴望「電驢子」的聲音，彷彿那就是上課的鐘聲。很多時候，我聞聲而動，人比「電驢子」到得還快還早，似乎並非是我朝「電驢子」奔去，而是「電驢子」奔我而來。我不等什麼人的來信，也並無給什麼人的信要託老馮帶走，我只是覺得激動，覺得「電驢子」親切，覺得那「突突」聲一遠去就若有所失。

我對報紙的感情，就是從那時開始的。村裡訂報紙的機構有兩家，一是村黨支部，一是村小學。但不管是誰訂的報紙，「電驢子」都會先送到「小點兒」。報紙的品種還算豐富，有《人民日報》、《光明日報》、《解放軍報》、《文匯報》，還有《河北日報》、《衡水日報》。我很喜歡翻這些報紙。起初認識的字少，根本不知報紙上說的是什麼，但照樣假模假樣地從頭看到尾。常有人逗我，讓我說說報紙上寫的是什麼，我會理直氣壯地說：「你自己不會看嘛。」好像我都看懂了似的。漸漸地，字認得多了，也就看出點意思來了，比如，我發現有時候各張報紙的頭版是一模一樣的；照片的說明文字總有「圖為」兩個字；第三版或第四版的名稱常常叫「副刊」；《人民日報》的副刊原來叫「戰地」，後來改成了「大地」……。《文匯報》的報頭和其他報紙的報頭不一樣，竟然不是毛主席寫的，這讓我很長時間不知其所以然。逢國慶日，報頭和頭條標題一定是紅色的。過新年時《人民日報》一定會發元旦社論。領袖去世後頭像一定加粗粗的黑框，而且標題天天都有「永垂不朽」這幾個字。我問售貨員什麼是「永垂不朽」，他說，可能就是「萬歲」的意思吧。看著右上角的「毛主席語錄」，我老搞不懂「階級鬥爭」為什麼「一抓就靈」，也不明白為什麼「抓革命」就可以「促生產」。《光明日報》那篇〈實踐是檢驗真理的唯一標準〉是在「小點兒」似懂非懂啃下來的。《文匯報》連載的那部著名話劇《於無聲處》我也是在「小點兒」追著看完的，那是我第一次讀報忽然讀出了眼淚……

那些年，追尋「電驢子」的聲音，其實就是想讀讀報紙。沒想從報紙上學什麼，也沒想過將來要當記者之類，那時讀報紙，是簡單的渴望，純粹的興趣，模模糊糊的念想。這種心情，等長大了，真正讀懂了報紙，就和「電驢子」的聲音一起，和夜夜喧譁的「小點兒」一起，永遠消失了。

國家圖書館出版品預行編目

對照記@1963：22個日常生活詞彙 / 楊照, 馬家輝, 胡洪俠合著.
初版 臺北市：遠流, 2012.01
面； 公分. -- (綠蠹魚叢書；YLK33)
ISBN 978-957-32-6927-4(平裝)
855 100027469

綠蠹魚叢書 YLK33

對照記@1963

22個日常生活詞彙

作者 楊照、馬家輝、胡洪俠
照片提供 楊照、馬家輝、胡洪俠
出版四部總編輯暨總監 曾文娟
資深副主編 李麗玲
企劃經理 楊金燕
封面｜內頁視覺設計 林秦華
發行人 王榮文
出版發行 遠流出版事業股份有限公司
地址 台北市100南昌路2段81號6樓
電話 2392-6899
傳真 2392-6658
郵撥 0189456-1
著作權顧問 蕭雄淋律師
法律顧問 董安丹律師
輸出印刷 中原造像股份有限公司

2012年1月15日 初版一刷
行政院新聞局局版臺業字第1295號
售價：新台幣350元（缺頁或破損的書，請寄回更換）

ISBN 978-957-32-6927-4
遠流博識網 http://www.ylib.com E-mail ylib@ylib.com